AD 3400 운명의 날

AD 3400 / 운명의 날

DOOMSDAY

서유신
소설

똑같은글방

AI 대 인간 사이에 벌어지는 최후의 전쟁 이야기

서로 볼 수 없는 동전의 양면은 각자가 앞면이라 말한다.
예정된 미래는 다가올 현실이지만, 현재의 선택까지 강제할 수는 없다.
우리는 어느 쪽을 앞면으로 선택할 것인가!

목차

프롤로그

창을 뚫고 들어와서 방안을 환하게 밝히는 햇살. 푸른 하늘을 천천히 흘러가는 솜뭉치 같은 하얀 뭉게구름. 폴짝폴짝 나뭇가지를 옮겨 다니며 제각각의 음색으로 지저귀는 새들. 아침이슬을 머금고 풋풋한 산소를 내뿜는 푸른 초목. 꿉꿉하지 않은 적절한 습도와 아직은 조금 싸늘함을 간직한 5월의 아침 기온.

코 밑까지 덮고 있던 이불을 가슴 밑으로 내렸다. 발가락을 꼼지락거리며 발바닥을 서로 비벼서 부드러운 체온을 느껴본다. 잠에서 깨어난 뒤로 아직 눈을 뜨지 않았지만 모든 것이 사실 그대로 느껴지는 평온한 아침이다. 닫혀 있는 눈꺼풀 안으로 환하게 비춰 들어오는 광량은 쨍쨍한 햇살의 맑은 날을 말해주고 있었다. 새들도 열심히 합창을 하고 있다. 그럼에도 나는 내가 눈을 떴을 때 이제껏 느끼고 생각한 모든 것들이 순식간에 뒤바뀌어 버리는 생각을 한다. 눈을 뜨는 찰나에 하늘은 온통 시커멓게 변해서 성난 먹구름이 방안까지 밀려들어 오려 하고, 새 소리 대신 하늘을 가를 듯한 천둥소리와 함께 창문을 부술 듯이 두드리는 빗줄기가 쏟아진다. 공습 경보 사이렌이 울려 퍼지고, 어디론가 향해 가는 여러 대의 헬리콥터 소리가 들린다. 여기저기서 아우성치는 다급한 목소리와 비명 소리들. 대지의 격렬한 진동이 모든 것을 허물어트리는 세상의 종말과 같은 상황이 갑자기 펼쳐지는 것이다. 그러나 지금 시점에서 이러한 일들은 결코 일어날 수 없다.

멀지 않은 날에 일어날 것이긴 하지만….

1부

기억

대학 재수생 시절의 4월. 그동안 한 번도 걸리지 않았던 코로나에 심각하게 걸려서 병원에 입원했다. 건강에는 자신 있다며 튼튼한 체력을 과시했었다. 나만은 끝까지 걸리지 않을 것이라는 자만심이 화근이었을 것이다. 재수학원을 마치고 집으로 돌아오는 지하철 안이었다. 옆에 앉아 있던 어느 아저씨가 갑자기 불쾌한 기침을 계속하기 시작했다. 나는 마스크를 가지고 다니지 않던 상황이라서 좀 난감했다. 일어나서 다른 곳으로 이동할까 생각했지만, 몸이 좀 피곤하고, 귀찮고 해서 내릴 때까지 자리에 계속 앉아 있었다. 아마도 그때 코로나에 걸렸던 것 같다.

지금부터 할 얘기는 지난 한 달간 내가 혼수상태였을 때의 일이다. 이곳 병원에 누워 있었던 것은 분명히 나였겠지만, 그 육체가 내

온전한 정신을 가지고 있는 진정한 나였다고는 생각하지 않는다.

기억이란 불완전하고 실제로 겪었던 지난 일들이라 해도 우리는 자세히 기억하지 못하거나 다르게 기억하는 경우가 많다. 그럴 때면 우리는 확실히 적어두었던 메모나 일기 등의 기록을 보며 다시 확신하기도 한다. 그러나 그러한 기록을 적던 당시에 자신의 생각에 오류가 있었다면 그 기록은 무어라 할 수 있을까?

예컨대 어느 덩치 큰 사람이 왜소한 체격을 가진 사람의 지갑을 뺏는 것을 목격하고 그때의 일을 적어두었는데, 나중에 알려진 상황의 진실은 나의 기록과 내용이 달랐다. 사실은 왜소한 사람이 덩치 큰 사람의 지갑을 훔친 것인데, 이를 눈치챈 덩치 큰 사람이 시치미 떼는 왜소한 사람의 몸을 뒤져서 자신의 지갑을 찾은 것으로 밝혀진 것이다. 진실이라고 하는 것이 드러난 순간 자신의 기록은 거짓이 된다. 그런데 어느 누구도 모르는 일이었지만 사실 그 지갑은 덩치 큰 사람이 전날에 다른 누군가에게 훔친 지갑이었으며, 그 다른 누군가는 다름 아닌 왜소한 사람의 동생이었다.

우리는 어느 전체의 사실에 대해서 일부분만 알 수 있으며, 그 알고 있는 것 또한 순도 100%의 진실과는 거리가 먼 것일 수 있다. 왜곡된 진실과 더불어 수많은 개인의 착각과 망상이 얽히고설키며 수천 년 흘러온 이 세상의 역사와 기록들은 적혀 있는 그대로 믿을 만한 것일까?

내 왼쪽 손목 위에는 육면체 모양을 띠는 붉은 흉터가 있다. 병원에 입원하기 전에는 있지 않던 것이다. 갑자기 생긴 이 흉터가 바로 내가 가지고 있는 그때의 기억이 되는 기록이자 징표이다. 누구도 믿기 어려운 그런 일이지만 나는 내 기억이 진실인 것을 확신한다. 손목 위의 흉터는 내 마음과 머릿속에서 지워지지 않을 뚜렷한 기억으로 새겨져 있기 때문이다.

우주

병원에 입원한 다음 날 체온이 40도를 넘어가면서 나는 죽을 듯한 고통 속에서 힘들게 부여잡고 있던 정신을 잃었다. 엄밀히 말하자면 정신을 잃은 것인지 깊은 잠에 빠져든 것인지 구분이 모호했다.

아무런 꿈도 없이 며칠은 꼬박 자다가 일어난 것 같이 혼미한 정신이 서서히 들기 시작했다. 눈도 뜰 수 없고 조금의 미동도 할 수 없었다. 신체의 어느 감각도 느낄 수 없었다. 내가 정신이 들었다는 것만 알 수 있었다. 어떠한 소리도 들리지 않아서 마치 암흑의 진공 속에 둥둥 떠 있는 것 같았다.

'내가 죽은 건가!'

'여긴 어디지?'

'내가 몸에는 있는 것인가?'

생각하고 있는 내 존재가 육체 안에 있는 것인지, 어디에 있는 것인지 전혀 알 수 없는 상태에서 시간의 흐름도 느껴지지 않았다. 아주 미세하게 감각이 들기 시작한 것은 정수리 쪽의 두피였다. 누군가 내 머리카락을 만지고 있는 것이 느껴졌다. 그 손은 내 머리를 쓰다듬기도 하고 몇 가닥의 머리카락을 잡고 비비는 것 같기도 했다. 그 손의 리듬감과 느낌이 전신으로 퍼지면서 눈이 서서히 떠졌다. 처음에는 눈의 초점이 잘 맞지 않아서 온통 뿌옇게 보였다. 얼마 후 빛에 순응되었는지 점차 또렷이 보이기 시작했다. 눈앞에 어느 여자애가 나를 뚫어져라 바라보고 있었다.

"정신이 좀 드니?"

여자애는 눈이 크면서 다소 냉소적으로 보이는 앳된 얼굴로 나보다 두세 살 정도 어려 보였다. 정신을 가다듬고 주위를 서서히 둘러보니 여기는 내가 입원했던 병원이 아니었다.

"여긴… 어딘가요?"

"음… 설명하기 조금 복잡하니까 우선 이것 좀 마셔. 새 몸에 적응하는 데 도움이 되는 거야."

여자애는 주황색 당근 주스 같은 것이 담긴 유리잔을 내게 건넸다. 새 몸은 뭐고 여긴 대체 어딘가? 내가 정신을 잃고 병세가 심각해져서 아마 큰 병원으로 옮겨진 것 같았다. 방 안은 깨끗하고 시설 좋은 병원처럼 보였으며, 흰색으로 깔끔하게 내장 마감이 되어 있었다. 여자애도 흰색으로 각이 잡혀 있는 제복을 입고 있었다. 나는 갈증을 심하게 느끼고 있던 터라 건네받은 음료를 벌컥벌컥 마셨다.

마실 때는 아무런 맛도 나지 않다가 10초쯤 지났을까? 강렬하게 쓴 맛이 식도부터 올라와서 하마터면 구토를 할 뻔했다.

"우웩… 이거 맛이…."

"하하하…."

여자애는 골탕 먹인 것을 기뻐하는 어린아이처럼 천진난만하게 웃었다. 나는 쓴맛이 계속 올라와서 억지로 침을 삼키며 속을 진정시키고 있었다. 여자애는 그런 내 모습을 보며 더는 크게 웃지 못하고 웃음을 참고 있는 듯 보였다.

"물 좀 주세요…."

"물은 안 돼. 조금만 더 참으면 괜찮아질 거야. 몸이 좀 더 편해지길 기다리면서 여기 방에서 쉬고 있어. 나는 나가서 일 좀 보고 다시 올게."

"근데…."

나는 뭔가를 물어보려 했지만 여자애는 "풋." 하며 짧고 유쾌한 웃음을 짓고는 방을 나가버렸다.

"근데… 쟤는 나이도 어린 게 왜 자꾸 반말을 하는 거야."

좀처럼 알 수 없는 여자애가 방을 나가자 나는 주변을 다시 둘러보았다. 나가는 문은 미닫이 형태로 개폐되는 자동문이었는데 벽과 같이 흰색으로 되어 있었다. 그래서인지 얼핏 보면 문인지 벽인지 잘 구분이 되지 않았다. 여자애가 나가는 모습을 보지 못했더라면 나는 이게 문인지 알 수 없었을 것이었다. 문을 열고 닫는 장치 같

15

은 것이 있었지만 어떤 인식기 같은 것으로 작동되는 것인지 아무리 만져봐도 문은 꿈쩍이지 않았다. 문에는 조그만 창문조차 없어서 밖의 상황도 볼 수 없었다. 혹시 무슨 소리가 들리지 않을까 싶어서 귀를 대어 보았지만 방음이 확실히 되어 있는지 아무런 소리도 들을 수 없었다. 방 안에는 내가 누웠던 침대 옆으로 의료장비와 측정기같이 생긴 것들이 작동하고 있었다. 침대 위 천장에는 여러 각도로 꺾일 것 같은 3개의 로봇 팔이 동작을 멈춘 상태로 있었다. 방안의 차가운 분위기를 상쇄하려는 듯 벽 구석에는 스탠드 조명이 부드럽게 방 안을 비추고 있었다. 바닥도 벽과 마찬가지로 흰색이었다. 약간의 유광 재질로 되어 있어서 사물이 은은하게 반사되고 있었는데 미끄럽지는 않았다. 방에 어떻게 창문 하나 없을까 생각하고 있는데 침대 머리맡 벽 쪽에 조그맣게 돌출되어 있는 버튼 하나가 눈에 들어왔다. 조심스럽게 버튼을 누르자 맞은편 벽체 전체가 스르르 움직이며 좌우로 열렸다. 벽 뒤로 나타난 유리창 밖으로 보이는 광경에 나는 그만 할 말을 잃어버렸다.

"우주…."

나는 감탄에 가득 찬 눈으로 창밖을 멍하니 바라보았다. 너무나 장엄하고 생생하게 보이는 우주의 모습에 마음이 좀처럼 진정되지 않고 있었다. 말로 표현할 수 없이 아름다운 색감으로 뿌려진 성운과 반짝반짝 빛나는 별들의 모습은 TV 화면으로만 보던 우주의 모습과는 차원이 달랐다. 고요한 태고의 모습으로 끝없이 펼쳐진 검은 심연의 바다. 황홀경 중에 문득 드는 의심은 지금 보이는 것이 과연 진짜 우주일까? 라는 것이었다. 난데없이 내가 우주에 나와 있을 리가 없지 않은가! 이건 엄청난 화질의 대형 LED 화면일 것이라고 나는 생각을 고쳤다. 유리창과 밖의 우주는 확연히 분리된 공간으로 보이긴 했지만 요즘은 기술이 워낙 좋아지고 있어서 이 정도쯤은 충분히 구현 가능하리라고 생각했다.

그나저나 이제 생각해 보니 코로나로 인한 증상은 말끔히 사라지고 없었다. '아 여기 정말 좋은 병원인가 보구나.' 몸은 약간 무겁고 찌뿌둥했지만 고열과 몸살이 없어지니 가뿐한 기분이 들었다. 나는 침대에 다시 누워서 이런저런 생각을 하며 여자애가 오기만을 기다리다가 잠이 들어버렸다.

또다시 누군가 내 머리카락을 만지는 느낌에 나는 잠에서 깨어났다. 좀 전의 그 여자애가 옅은 미소를 지으며 이번에는 수박 주스 같은 것을 내게 건네고 있었다.

"또? 이것도 아까 그 정도 맛인가요?"

"이것까지 마셔야 해서 주는 거니까 참고 마셔. 아마도⋯ 아까와는 맛이 다를 거야."

"아마도?" 나는 또다시 이상한 맛이 나지 않을까 의심했지만 좋아진 내 몸 상태를 봐서는 먹어야 하는 약으로 생각하기로 했다. 이번에도 단숨에 벌컥벌컥 마셨다. 처음에는 괜찮았지만 역시나 시간이 지나자 이번에는 엄청 신맛이 계속 올라왔다.

"아우 셔⋯ 아⋯ 제발 물 좀 주세요." 너무나 시어서 눈이 계속 오므려 지고 몸이 부르르 떨렸다.

"하하하하⋯ 물은 역시 안 되니까 참아봐. 좀 더 지나면 내가 먹을 만한 것을 줄게."

물의 소중함을 느끼며 나는 연신 나오는 침으로 입안을 정화시키려고 필사의 노력을 했다.

"현세정! 참을성이 좋을 줄 알았는데 신맛 하나 못 참니?"

"이건 도저히 사람이 먹을 수 있는 맛이 아니에요. 아니 근데 언제 봤다고 처음부터 자꾸 반말이지? 나이도 나보다 어린 것 같은데. 그리고 여긴 어디 병원이야?"

"여긴 병원이 아니고, 나이도 내가 너보다 열 살은 많아. 눈에 보이는 대로 판단하면 안 돼."

"뭐라고?… 요….." 나는 당최 이 여자애가 무슨 말을 하는지 따지고 싶었지만 당돌하게 나오는 기세에 할 말을 잃었다.

"이제 설명을 좀 해줄게. 혼란스러울 테지만 차분히 들어. 난 '마리'라고 해. 여기선 나이를 잘 따지지 않지만 굳이 계산하자면 29년이 내가 살아온 날이야. 이곳에서 사람 평균 수명은 200년 정도 되고, 너는 지금 최초의 우주 '비숀'에 있는 행성 '지온'으로 온 거야. 엄밀히 말하자면 우주선이지만… 네가 있던 지구는 네 번째 우주 '유프라'에 있는 행성이야."

"그럼 저 밖에 보이는 게 진짜 우주란 말이야!… 요? 제가 네 번째에서 최초의 우주로 왔다고요?"

"그래. 두 번째, 세 번째 우주는 지금 소멸되고 없어. 네가 있던 곳은 네 번째 우주야. 너희 모든 인간의 생각과 행적, 신체 상태 등은 브레인 맵과 바이탈 사인을 복합한 기술을 통해서 여기 지온의 마더힐에 있는 생체석에 저장되고 있어. 지금 네 육체는 생체석의 데이터를 기반으로 이곳에 그대로 복제된 거야."

"맙소사… 지금 그 말을 저보고 믿으라는 건 아니겠죠? 제가 뭘 잘못했다고 저한테 이러시는 거예요. 저는 코로나에 걸려서 병원에 입원했을 뿐인데… 무슨 상황극 같은 걸 하는데 저는 연기에 소질이 없어요. 코로나도 다 나은 거 같으니 이제 그냥 집으로 돌려보내주시면 안 될까요? 저는 집에 돌봐 줘야 될 고양이도 있단 말이에요."

"고양이는 하숙집 주인아주머니가 잘 돌봐주고 계시니까 걱정 안 해도 돼."

여자애는 말을 마치고 동그란 눈을 깜빡거리며 나를 잠시 쳐다보고는 무슨 생각을 하는 듯했다. 저렇게 어려 보이는 애가 29살이라니. 여자애는 피부가 너무나 창백해서 몸속이 들여다보일 정도였고 인종을 특정할 수 없는 독특한 분위기를 내고 있었다. 기계적으로 무표정한 듯했지만 순수하게 보이기도 했다. 머리에 쓴 하얀색 각진 모자가 피부 톤과 비슷해서 이제껏 잘 인식하지 못했지만 이제 보니 모자 밑으로 드러나 있는 머리카락이 없었다. 나는 이곳이 정신병동이며 내가 감금당한 것이라고 생각했다. 그렇지 않고서야 이 여자애의 말은 도저히 믿을 수 없는 일이었다. 분명히 정신분석 같은 것을 당하고 있는 것 같았다. 내가 바보같이 이 여자애의 말에 현혹되면 나는 정신병자가 되는 것이기 때문에 이제부터는 냉철한 자세로 정신이 멀쩡하다는 것을 입증시켜 보일 필요가 있어 보였다.

"저기 마리… 씨? 무슨 영문으로 이런 시험 같은 걸 하는지 모르겠지만 제가 이런 황당한 상황을 그냥 믿고 그러는 동네 바보가 아닙니다. 저 진짜 집에 가봐야 합니다. 그러니 이쯤에서 그냥 끝내주시고 저 좀 내보내 주십시오." 나는 최대한 어른스럽게 단호한 말투로 말했다.

"안 되겠다. 이든 님께 보고 드려야겠다." 여자애는 말을 마치더니 침대 옆에 있는 의료장비 쪽으로 가서 무언가 조작을 했고 나는 이내 정신을 잃었다.

실체

빠르게 이동하며 흐르는 바람이 내 얼굴을 두드리며 정신을 돌아오게 했다. 나는 의자에 앉혀 있었고 팔걸이 위에 놓인 팔은 금속 잠금장치에 의해 손목이 결박되어 있었다. 앞에 서 있는 두 사람의 뒷모습 중 한 명은 마리 같았고, 다른 한 명은 키가 훤칠하게 큰 마른 체형의 남자 모습이었다. 주위에는 비슷한 복장의 사람들이 복잡하게 구성되어 있는 도로처럼 보이는 곳 위로 손잡이만 삐쭉 올라온 작은 원반을 타고 날아다니고 있었다. 두 명 이상일 경우에는 네모난 형태의 보드였는데 나는 그 네모난 형태의 것에 올라타 있었다. 확 트였던 공간의 막다른 곳에 다다르자 문이 저절로 열리며 터널로 진입했다. 투명 유리관으로 둘러싸인 터널이었는데 우주의 경관이 여과 없이 투영되고 있었다. 유리 터널의 끝에서 다시 문이 열리자 이제까지의 분위기와 다르게 푸른 초원이 나타났다. 초원의 끝자락 울창한 숲 앞에서 이동이 멈춤과 동시에 손목에 결박되어 있던 잠금장치도 자동으로 풀렸다. 뒤에 따라온 것 같은 경비대처럼 보이는 사람들이 먼저 땅으로 내려선 뒤에 마리와 키 큰 사내가 보드에서 내렸다.

"내려오세요. 세정 씨." 마리가 아까와는 사뭇 다르게 상당히 예의 바른 태도로 말했다. 주의하는 마리의 언행으로 보아 키 큰 사내가 높은 지위에 있음을 짐작할 수 있었다. 나는 갑자기 왜 그러냐는 식의 표정을 마리에게 보이며 껑충 뛰어내렸다.

"지온의 최고 의장이신 이든 님이십니다." 마리가 내게 키 큰 사내를 소개시켜 주었다.

"안녕하십니까. 저는 현세정이라고 합니다."

"반갑습니다. 세정 군. 낯선 환경이 믿기지 않으실 텐데 산책 좀 하면서 마음을 가라앉혀 보실까요?"

의장이라는 사람은 통찰력 있어 보이는 눈매와 온화한 표정을 하고 있었고 목소리는 굵고 깊이가 있었다. 의장님을 중심으로 내가 왼쪽에서 걷고, 마리가 오른쪽에서 약간 뒤에 위치해서 걸었다. 그 뒤로는 경비대가 따라오고 있었다. 숲속으로 들어가는 길목의 좌, 우측에는 오래돼 보이는 거대한 높이의 동상이 하나씩 서 있었다. 좌측의 남자 동상은 가슴 높이까지 올라오는 긴 장총의 총구를 바닥에 꽂고 개머리판 위에 두 손을 얹고 있었으며 기단에는 "유은석"이라고 적혀 있었다. 우측의 여자 동상은 시약병같이 생긴 용기를 두 손으로 받치듯 잡고 있었고 기단에는 "이지희"라고 적혀 있었다. 둘 다 젊은 용모였지만 기품과 위엄 있는 모습이 압도적으로 보였다. 숲으로 들어서자 오솔길 옆으로 울창한 산림이 빽빽이 자라고 있었다. 조금 더 지나자 다시 초원과 들판이 나왔다. 밖에서는 넓은 면적의 울창한 숲으로 보였는데, 그게 아니라 숲의 장벽 같은 것이었다. 길옆으로 낮은 크기의 과일나무와 꽃나무 들이 조화롭게 자라고 있었다. 사과, 포도, 복숭아 등 계절에 관계없이 실과가 무르익어 보였고 벚꽃도 환하게 만개해 있었다. 의장님은 사과나무 옆에 멈추어 사과를 하나 따더니 의복에 쓰윽 한 번 닦고는 큼직하게 한 입 베어 물었다. 정말 빨갛고 상큼하게 잘 익은 사과였다. 베어진 사과 속 과육에서 달콤한 과즙 향이 주위로 퍼졌다. 나는 사과를 그렇게 좋아하지 않았는데 이제껏 이렇게 맛있어 보이는 사과는 처음 보았다. 입속에 침이 고이기 시작했고 당장 하나 따서 먹어보고 싶었다. 마침 의장님이 하나 따서 먹어보라는 듯 사과를 쥔 손의 검지를 펴서 사과나무를 가리켰다. 나는 신이 나서 사과나무를 향해서 뛰어가려는데 마리가 나를 급히 막아서며 의장님을 향해서 말했다.

"의장님! 지금 세정 군의 육체는 3레벨 수준입니다."

의장님은 그제야 자신의 잘못을 알아챈 듯 다소 미안한 표정을 지어 보였다.

"아… 죄송합니다. 세정 군. 3레벨에서는 일반 음식을 소화시킬 수 없습니다. 마리 박사가 아직 자세히 얘기를 안 해준 것 같군요.

지금 세정 군의 몸은 한시적으로 사용할 수 있는 임시육체입니다. 겉으로는 멀쩡해 보이지만 몸속에는 최소한의 필요 장기만 있어요. 그마저도 순수 유기체가 아닌 것이 많습니다." 의장님은 확인해 보라는 듯 내 중요 부위를 향해 눈짓했다. 나는 황급히 돌아서서 그곳을 확인해 보니 진짜로 아무것도 없었다. '아니! 내 소중이가….'

"너무 걱정하지 말아요. 어차피 여기는 내일까지 머물 테고 그 안에 쓸 일은 없을 테니까요." 의장님은 어린아이를 달래는 것 같이 나를 안심시키며 말했다. 아무리 임시라고 해도 충격적인 허전함은 좀처럼 가시지 않았다. 지금 말이 안 되는 상황이 어디 이뿐이겠는가! 마음을 다잡으며 애초에 인지하지 못했던 상태로 돌아가기 위해서 애썼다. 우리는 다시 걷기 시작했고 나는 주변의 이색적이고 아름다운 풍경에 금방 마음을 뺏겼다. 군데군데 자유롭게 초원의 풀을 뜯는 말과 양들도 보였다. 높이를 가늠할 수 없이 높게 설치된 돔으로 된 천장은 마치 구름 한 점 없는 맑은 하늘처럼 밝은 빛으로 모든 곳을 비추고 있었다.

"이곳의 모든 것이 자연스러워 보이지만 사실은 그렇지 않습니다. 자연스러워 보이는 이면에 힘겨운 사투를 벌이고 있지요. 우리는 죽어가고 있어요. 저기 보이는 언덕이 마더힐 입니다. 언덕 위에 다다르면 좀 더 설명을 해주겠습니다."

의장님이 말을 마치자 갑자기 분위기가 숙연해졌다. 의장님이 가리킨 언덕 위에는 목장에서 흔히 볼 수 있는 하얀색 낮은 울타리가 둘러져 있었고 그 외에는 특이할 만한 것이 보이지 않았다. 무겁게 가라앉은 분위기 속에서 특별할 것 없는 언덕 정상에 가까워질수록 나는 왠지 모르게 가슴이 뛰기 시작했다. 정상에서 무엇을 볼 수 있을까? 그렇게 궁금증을 품고 다다른 언덕 위에서 본 광경에 나는 말문이 막혔다. 이곳은 단순한 언덕의 정상이 아니라 울타리 뒤로 깎아지른 절벽이 둘러진 분화구 같은 모습이었다. 절벽의 드러난 부분 아래로는 짙은 검은 안개로 뒤덮여 있어서 얼마나 더 깊은지 알 수 없었다. 절벽으로부터 거리가 떨어진 분화구 중앙에는 거대한 석탑 같은 기둥이 우뚝 솟아 있었고 기둥 표면에는 무수히 많은 보석 같은 것들이 형형색색 빛을 내며 반짝거리고 있었다. 절벽과 석탑기둥을 잇는 직선 형태의 수많은 다리가 불규칙한 패턴으로 기둥을 따라 내려가며 배열되어 있었다.

"저기 반짝이는 것들이 생체석이자 네 번째 인류입니다. 인간이 발산하는 뇌 신호와 바이탈 사인을 수신하여 저 작게 빛나는 하나의 조각에 한 인간의 모든 정보가 저장됩니다. 200세대 분량의 생체석밖에 없기 때문에 1주기가 끝나면 재사용을 해야 했습니다. 그로 인해서 지금은 내구도가 많이 저하되어 균열이 가기 시작했습니다. 아마도 이번 주기를 끝으로 더 이상 사용할 수가 없을 것 같습니다. 간혹 전생에 관한 기억을 얘기하는 사람들이 있죠?"

"네. 자신이 전생에 누구였다는 둥. 어느 나라에 있었다는 둥 하는 사람들을 TV에서 본 적이 있어요."

"그것은 생체석이 리셋될 때 아주 희박한 확률로 완벽하게 초기화되지 않아서 그런 겁니다. 남아 있는 이전의 데이터와 신체의 신경이 미세하게 교차되기 때문에 그런 현상이 발생하죠."

"전생이란 게 아주 허무맹랑한 얘기는 아니었네요."

"그렇죠. 세정 군은 예수님을 모를 테지만 현재의 원력은 주후 3399년입니다. 다음 달이면 3400년이 되는군요. 숲으로 들어올 때 입구에 서 있던 동상을 보았지요?"

"네."

"2032년부터 시작된 AI와의 8년 전쟁을 승리로 이끌었던 분들입니다. 전쟁 이후 이야기는 다소 긴 내용이니까 연대기를 보시면 이해가 잘 될 겁니다." 의장님이 말을 끝내자 마리가 동전 같은 것을 내게 건네며 말했다.

"뒷면을 누르면 연대기를 볼 수 있을 거야."

"우린 생체석을 좀 둘러보고 올 테니까 저기 편한 데서 좀 쉬고 있어요." 의장님은 크게 자란 상수리나무를 가리키며 내게 말했다. 이후 울타리 뒤편에서 절벽 아래로 내려가는 계단으로 향했고, 일행이 그 뒤를 따랐다. 나는 멀어져 가는 그들의 뒷모습이 사라지자 상수리나무 쪽으로 발길을 옮겼다. 나무 아래에는 일부러 평평하게 만든 것처럼 생긴 바윗돌이 '내 위에서 쉬세요.'라며 말하는 것 같이 자리 잡고 있었다. 나는 바윗돌에 걸터앉아 뒤로 누워서 깍지 낀 손으로 머리를 받쳐 베개 삼았다. 바람이 선선히 불었다. 나뭇가지가 바람에 흔들리며 나뭇잎들이 부스스 소리를 내고 있었다. 두세 개의 잎이 빙글빙글 떨어지며 흩날리기도 했다. 뺨 위로 향긋한 풀 냄새가 스쳐 지나갔다.

'도대체 이게 무슨 일이람.'

꿈이 이다지도 생생할 수 있을까? 아닐 것이기에 나는 혼란스러웠고, 그저 꿈이었으면 좋겠다는 생각이 간절했다. 마리가 준 동전을 만지작거리다가 알려준 대로 뒷면을 눌렀다. 홀로그램 영상이 떠올랐다.

연대기

    AI왕 엘리사와의 8년 전쟁은 인간이 승리했지만 무수한 핵무기의 사용으로 지구는 온통 방사성 물질로 뒤덮였다. 두꺼운 납으로 보호된 건물 밖에서는 방호복을 착용해야만 했다. 지구 환경은 더 이상 사람이 살 수 있는 곳이 아니었다. 남은 인류는 지구를 벗어나기로 결정하고 행성 지온을 축조하기 시작했다. 건강한 사람과 동물의 정자, 난자, 배아를 초급속 완전 냉동하여 보관하였고 거의 모든 종류의 식물도 수집하였다. 또한 아주 작은 조각이라도 흩어져 남아 있는 AI 잔해를 찾아서 폐기하는 것도 중요한 일 중의 하나였다. 엘리사는 아주 작은 용량으로 분할했다가 적당한 크기의 저장 공간이 생기면 언제든 합병이 가능했기 때문이다. 그러나 지온 밖에서의 유·무선 데이터 시설은 모두 파괴되었기 때문에 엘리사가 다시 완전체로 합병이 될 가능성은 제로에 가까울 것으로 여겼다. 80년에 걸쳐 만들어진 지온이 2120년에 완성되었다. 인류는 지구를 떠났다.

8년 전쟁 동안 누적됐던 방사물질과 우주에서의 생활 때문에 인간의 몸에 변화가 일어났다. 미세한 햇빛의 노출에도 피부가 타들어 갔고 모든 세포분열의 속도가 급격히 증가하는 반면에 이상할 정도로 노화는 더뎌져 갔다. 서서히 변화되는 과정은 누구도 예외가 없었다. 이미 인간의 종에서 벗어난 다른 개체가 되고 있었다. 다행히 세포분열 억제 약물을 개발했지만 약효가 한시적이라는 것과 약물에 내성이 생기는 것이 문제였다. 근본적인 해결책을 찾기 위해서 사력을 다해야 했다. 그렇게 해서 얻은 연구 결과는 참담했다. 치료제는 인위적으로 만들 수 없다는 것이었다. 그러나 치료물질은 한때 존재했었다. 그것은 인간이 엄청난 대격변의 상황을 겪었을 때 극소수의 인간에게서 아주 잠시 자연발생으로 존재했던 Rebirth 항체 'R'이었다. 변화되어 죽어가고 있던 인류는 항체 R을 찾기 위해서 새로운 인류를 탄생시키기로 했다.

프로젝트

1단계 : 현재의 우주 데이터를 숨겨진 질서의 배열을 이용해서 극
　　　　초고밀도로 압축

2단계 : 현 우주를 벗어날 수 있는 블랙홀 생성 - 차원의 통로를 통해서 스페이스제로 공간 탐색

3단계 : 압축된 우주를 이용해서 스페이스제로 공간에 빅뱅을 일으킴 (중력의 제어를 통해서 활동속도가 빠른 시간으로 새로운 우주생성)

4단계 : 지구와 같은 환경으로 조성된 행성에 인간을 포함한 동식물 번식

5단계 : 모든 인간의 신체·정신 활동 정보 수집

6단계 : 항체 'R' 추적

7단계 : X

시간

시간이란 무엇인가? 과거, 현재, 미래가 각각 존재하는가? 타임머신을 개발한다면 과거로 되돌아갈 수 있을까? 시간에 관한 연구는 우주생성 프로젝트와 동시에 진행됐지만, 시간은 '없다'로 결론이 내려졌다. 시간이란 지구의 자전과 공전에 기인해서 인간이 정해놓은 척도에 불과했다. 시간은 미래로부터 현재에서 과거로 흐르지 않는다. 모든 것은 생성과 성장, 쇠퇴와 소멸이 있을 뿐이었다. 소멸한 것은 어디에도 존재하지 않는다. 과거는 기록으로 존재하는 자료와 개인의 머릿속에 남아 있는 잔여물에 불과하다. 생성되기 전의 것도

존재하지 않는다. 생성되는 것에 대한 비밀이 있을 뿐이다. 시간이란 것은 단순히 생성에서 소멸, 회전과 이동에 의한 활동 관계를 계측 하기 위한 것에 불과했다.

기혼

AD 2200년. 활동속도(시간) 4배속의 두 번째 우주기혼이 탄생됐 다. 비숀인은 가볍게 몸에 붙는 우주복을 입고 최초의 기혼인이 성 장하기까지 직접 돌보았다. 이후에는 사람들의 꿈속 뇌파에 영감을 주입하여 도구를 개발하는 것과 불의 사용법 등을 알게 해주었다. 아주 불가피한 경우에는 유용한 도구를 우연히 찾을 수 있도록 근 처에 가져다 놓기도 했다. 원시에서 문명에 이르기까지 필요한 것들 은 그때그때 특정 사람들에게 영감을 주입하였다. 새로운 인류는 어 떤 방향으로 문명을 이룩해 갈 것인가! 과거 인류의 모습을 답습할 것인지, 전혀 다른 문명을 개척할 것인지 알 수 없었다. 다만 대격변 의 상황 속에서 항체 R을 찾는 것이 비숀인의 목적이었다. 그렇다고 과거 세계대전이나 8년 전쟁 같은 상황을 인위적으로 유도할 수는 없었다. 엄청난 고통의 대가가 따르기 때문이었다. 악으로 규정하던 것을 자신들이 생존하기 위해서 허용할 수 있는 것인가! 그것은 인 간의 양심을 버리는 것과 동시에 인간이기를 포기하는 것이었다. 그 럴 바에는 차라리 자멸하는 것이 낫다고 판단했다. 인간에게는 자의적 자유가 있어야 한다. 새로운 인류 또한 어느 방향으로 갈 것인지 스스로 결정하게 될 것이다.

신인류는 지구의 각지로 흩어지지 않고 기후가 온화한 중앙 대륙을 거점으로 점차 생활 반경을 넓혀나갔다. 언어와 문자도 한 가지로 통일된 것을 사용했다. 비손인의 도움으로 농경 생활을 바로 시작했기 때문에 굶주림에 대한 문제 없이 풍요롭게 살 수 있었다. 인간들의 성품이 온순하고 착해서 과격한 행동이나 폭력 또한 없었다. 육식을 하지 않았기 때문에 식용 목적의 가축은 기르지 않았고, 농사에 필요한 가축이나 반려로서의 동물만 곁에 두었다. 누구나 땀 흘려 노력하면 그에 상응하는 대가를 얻을 수 있었다. 남녀 간의 부부 외에 다른 가족원을 두지 않았다. 아이가 태어나면 공동체에서 육아를 맡았다. 그렇기에 어느 아이가 자신들의 아이인지 구분하지 않았으며, 어느 아이나 다 똑같이 자신들의 아이처럼 대했다. 인구가 늘어나도 5천 명 이내로 부락을 나누어서 공동체를 구성했다. 행정을 담당하는 사람들이 부락 단위로 있었으나 권력을 가지고 통치하는 사람들은 두지 않았다. 모두가 동등한 사람이고 모두가 같은 사람으로서 행복과 아픔을 나누었다. 생활이 곤경한 사람도, 지나치게 많이 가진 사람도 없었다. 필요한 것 외에 과도하게 소유하는 것과 일순간에 느끼는 쾌락과 향응은 나쁜 것으로 규정하였다. 소소하게 즐기면서 자연을 누리는 평온한 감정을 진정한 행복의 척도로 여겼다.

　드넓은 하늘을 예쁘게 물들인 저녁노을에 붉은 태양이 쉼을 청하려고 몸을 눕히고 있다. 풀숲 어딘가에서 귀뚜라미가 악보 없는 즉흥 연주를 수줍게 하고 있다. 열심히 일을 마친 한 농부가 있다. 한 폭의 그림 같은 풍광을 눈에 가득 머금고, 편안하게 벤치에 기대어 달콤한 연초 한 대의 낭만을 누리고 있다. 그리고 그 옆에는 사랑하는 사람이 함께 있다. 말없이 같은 곳을 바라보고 있지만 사랑하는 마음은 서로를 향해서 모든 교감을 하고 있다. 이 얼마나 아름다운 순간인가! 젖과 꿀이 흐르는 지상낙원이 바로 이곳이었다.

　농업 기술과 음악, 문학, 건축 등에 대한 문화는 발전했지만 물질에 대한 욕망이 없어서인지 산업 기술의 발전은 더디었다. 증기기관이 개발은 됐지만 잘 사용하지는 않았다. 국가라는 개념도 없으니 전쟁도 있을 리 없었다. 비숀인은 초조해지기 시작했다. 이런 태평성대에서는 항체 R이 나타날 확률이 희박했기 때문이었다. 그렇다고 분노와 폭력, 전쟁을 조장할 수는 없었다. 인식의 전환이 필요했다. 모든 예측은 빗나갈 수 있으며 오히려 정반대의 경우에서 위대한 발견이 이루어졌다는 것을 상기했다. 몸과 마음이 건강한 사람들의 육체에서 항체 R이 조기에 나타날지 모른다는 기대감으로 탐색의 긴장을 풀지 않았다.

AD 2701년[기혼 2004년]

정확히 누구에게서인지. 어디에서부터 인지 알 수 없는 전염병이 삽시간에 퍼졌다. 엄청난 고열과 함께 피부가 멍에든 것처럼 파랗게 변한다 하여 사람들은 청색병이라고 불렀다. 남녀노소를 가리지 않고 모든 인간을 파랗게 물들여 갔다. 대부분의 사람이 발병 후 72시간을 넘기지 못하고 숨을 거두었다. 동시다발적으로 모든 지역에 광범위하게 퍼졌다. 발병 한 달 만에 인구의 절반 이상이 죽었다. 더 이상 치료제를 개발할 인력도, 시간도 남아 있지 않았다. 모든 것이 마비되었고, 남아 있는 사람들은 어떠한 희망도 갖지 못하고 죽음만을 기다렸다.

비숀인에게도 이런 상황은 치명적인 위기였으나, 반대로 생각하면 우연히 찾아온 기회의 순간일지도 몰랐다. 그러나 그 기회를 부여잡기에는 너무나 시간이 촉박했다. 기혼의 한 달이 비숀에서는 1주일 남짓한 시간이었기 때문이다. 치료제 개발과 항체 R을 찾기 위해서 모든 역량을 쏟아냈지만 2주일도 채 안 돼서 기혼인은 전멸해 버렸다.

티그리

AD 2702년. 활동속도(시간) 12배속의 세 번째 우주 티그리가 생성됐다. 어찌 된 일인지 기후 설정에 오류가 발생하여 대부분의 지역이 1년 내내 비가 내리는 우기 지역이 되었다. 그러다 보니 농사는 짓기 힘들었고 가축을 사육하여 육식 위주의 생활을 하게 됐다. 살기 위해서는 피를 보아야 했고, 내 것과 네 것, 우리 것과 너희 것의 구분이 명확했다. 내 것을 지키기 위해서 다른 것들로부터 독립된 땅이 필요했고 그에 따른 힘도 있어야 했다. 무기와 가축, 사람의 수가 곧 힘이었다. 힘이 약하면 그나마 가지고 있던 것도 빼앗기고 노예로 전락된 삶을 살아야 했다. 뺏기는 자가 잘못이었고, 빼앗는 자를 능력 있는 승자로 인정하는 약육강식의 정글이었다. 피의 값은 피로 치른다. 빼앗긴 하나를 찾기 위한 힘을 길러서 2개를 다시 뺏어오는 것이 곧 정의였다. 모든 것이 힘의 논리였다. 목숨을 잃고 바닥에 내어진 사람은 돼지나 개에게 훌륭한 식사거리가 되었다. 도시 기반시설이 잘 구축되기 전까지 길 위에는 언제나 피가 흥건히 젖어 있었다. 다행히 비가 계속 내려서 피가 응고되지 않고 씻겨 내려갔지만 금세 또 어딘가에서 꾸역꾸역 흘러 나와서 빈자리를 채웠다. 쓸려나간 피는 개천으로 호수로 모여 들어가서 수면을 붉게 물들이며 부글부글 거품을 내뿜었다. 그것은 마치 끓는 용암처럼 보였다. 세상은 오로지 두 가지 색으로 이루어진 것 같았다. 먹구름으로 뒤덮인 검은 하늘과 붉은 대지.

티그리에는 비가 적게 내리면서 온난한 기후의 지역이 서부, 동부, 북부에 한 군데씩 있었고 그곳을 축복받은 성스러운 곳이라 하여 성지라고 불렀다. 성지에는 밝은 햇빛이 들었고 양질의 토지에서는 질 좋은 농작물을 얻을 수 있었다. 성지가 발견된 초기에는 각 나라들이 성지를 중심으로 국경을 나누었고, 성지를 차지하기 위한 전쟁이 끊이지 않았다. 그러다 보니 성지는 어느새 성스러운 곳이 아닌 수많은 생명이 죽어가는 저주받은 땅이 되어버렸다. 수천 년 가까이 끝나지 않는 전쟁은 누구에게도 득이 되지 않는 상처만 남길 뿐이었고 성지는 그저 바라볼 수밖에 없는 그림에 불과했다.

  티그리 5950년. 서부성지를 차지한 국가 에론이 북부의 하란을 공격했다. 상대적으로 힘이 약했던 하란이 동부의 우르에 지원을 요청함과 동시에 흡수합병 절차를 거치게 되면서 우르하란 국이 건립됐다. 우르하란의 과학자들은 전쟁을 끝낼 수 있는 강력한 무기를 개발하기 위해서 전력을 다했다. 10년의 연구 끝에 모든 물질을 엄청난 중력 안으로 빨아들여서 소멸시키는 중력탄을 개발했는데 너무나 강력한 나머지 이 무기를 쓸 경우에 벌어질 피해 규모는 예측이 불가했다. 우르하란은 에론에게 자신들이 발명한 무기의 파급력과 위험성을 경고했고, 각 처의 성지를 공동으로 공유하자는 평화협정을 제안했다. 그러나 에론은 이를 믿지 않았다. 전쟁에서 열세에 몰린 우르하란의 궁색한 거짓으로 치부하고 공격을 더욱 거세게 밀어붙였다. 더 이상 후퇴할 수 없는 최후의 방어선까지 몰린 우르하란은 결국 티그리 5965년에 중력탄을 쏘아 올렸다. 기세등등 맹렬했던 에론은 눈 깜짝할 사이에 지상에서 사라져 버렸다. 그러나 평화는 찾아오지 않았다. 중력탄의 영향으로 행성의 축이 기울어졌고 이로 인해서 재앙이 시작되었다. 약해진 지각은 도처에서 뒤틀려져서 지진과 해일을 일으켰고, 지각의 균열 사이로 용암이 폭음을 내며 분출되었다. 예측하지 못했던 위험은 티그리 5976년에 종말이라는 결과를 보여주었다.

비숀인은 티그리 멸망 1년 전 'R'에 근접한 항체를 보유한 남자 둘과 여자 한 명을 확보했다. 완벽한 항체는 아니었기에 이들에게서 얻은 항체를 배양하며 연구를 계속했지만 더 이상 완벽에 가까운 항체는 발견되지 않았다. 단지 'R1'이라는 임시방편 항체를 얻을 수 있었고, 이는 어느 정도 비숀인의 수명을 연장시켜 주었다.

유프라

AD 3201년. 활동속도(시간) 36배속의 네 번째 우주 유프라 생성. 비숀에게 남아 있는 시간이 그리 많지 않았다. 생체석은 균열이 가기 시작하여 이번 세대의 우주를 끝으로 더 이상 사용할 수 없는 상태가 되었다. 주기적으로 주입해야 하는 항체 R1에 의지해 살아가는 것도 한계에 다다르고 있었다. 근원적인 항체 R을 찾는 것이 절실했지만 의지와 노력으로 되는 일이 아니었다. 그나마 희망적인 것은 유프라가 최초의 우주와 거의 같은 환경이라는 것과 보이지 않는 힘이 작용하는 것처럼 인간의 습성과 역사 또한 비숀과 판박이처럼 비슷하게 흘러가고 있다는 것이었다.

　AD 3399년. 유프라 7128년. 가능한 모든 데이터와 가상의 시뮬레이션 분석결과 항체 R 생성 유력자들이 몇 명 포착되었고, 새로운 AI왕의 태동도 감지되었다. 두 인류의 존속 여부를 결정짓는 마지막 주사위가 던져졌다.

결심

연대기를 보고 나서 나는 지그시 눈을 감고 이런저런 생각을 해 보았다. 내가 있던 곳이 수십억 년 전부터 진화의 과정을 거쳐 온 지구가 아닌 것은 둘째 치고, 신화 속의 창조주도 아닌 우리와 같은 사람이 지구를 만들었다니···. 그 창조인들을 구할 수 있는 존재가 피조물 중에 나올 것이라는 희망. 우리들이 존재하는 이유가 창조인을 위한 것이었는가! 나는 그저 존재하게 됐기 때문에 존재했고, 숨이 붙어 있기 때문에 살아져 왔다. 좀 더 능동적인 시각으로 봤을 때는 행복한 삶을 위해서 충실하게 살아온 부분도 있다. 누구를 위해서 살아온 것이 아니었다. 그러나 이제 다른 누군가를 위해서 살아야 하는 목적이 내게 주어지는 것인가? 내가 무언가 해야 할 역할이 있기 때문에 이곳에 오게 됐다는 것을 알 수 있었다. 거대하게 변화되어 온 역사는 이탈할 수 없는 철로 위에 있는 열차처럼 종착역을 향해서 달리고 있다. 사람들로 꽉 채워진 숨도 쉬기 힘든 지옥열차 속에서 내가 내리게 될 정거장은 어느 곳일까?

부드럽게 부는 싱그러운 바람에 꽃향기가 전해졌고, 초원의 풀들은 한들한들 춤을 추면서 잔잔한 선율로 노래했다. 새로운 육체는 수면이 많이 필요한 듯했다. 잠이 들락 말락 몽롱한 기분이 머리를 간지럽히기 시작했다. 풀들의 노랫소리는 귓가에 계속 울려 퍼졌지만 생각과 정신은 몸을 떠나서 허공에 둥실둥실 뜨고 있었다. 조금 더 있다가는 아예 머나먼 곳의 꿈속으로 여행을 떠날 듯했다. 나는 잠들지 않으려고 노력했다. 피부에 와 닿는 바람과 출렁이는 풀잎들의 소리에 신경을 집중시켰다. 이런 몽롱한 와중에 저 멀리서 마리가 내게로 오는 것이 보였다. 이는 내가 실제로 눈을 뜨고 보는 것인지, 감겨 있는 눈 밖을 내 정신이 투사하는 것인지, 아니면 불식간에 빠져든 꿈속인 것인지 도무지 알 수 없었다. 마리의 주위는 다른 곳보다 더 밝게 빛이 났는데 마치 마리에게서 빛이 퍼지는 것처럼 보였다. 바람의 흐름을 확연히 알 수 있도록 꽃잎들이 바람을 타며 마리 주위에 흩어졌다 모이기를 반복하며 흩날렸다. 마리의 목에 감긴 흰색 머플러가 바람에 따라 펄럭이다가 묶여 있는 것이 풀려서 날아가 버렸다. 나는 그 머플러를 잡으려고 쫓아가려 했지만 발이 잘 움직이지 않았다. 생각과 마음은 뛰려고 했으나 발은 마치 남의 일인 양 점점 더 느리게 행동했다. 나는 어떻게든 뛰어보려고 팔을 앞뒤로 힘차게 움직였다. 아무런 소용이 없었다. 식은땀이 이마와 등줄기에 배어 나오는 것이 느껴졌다. 머플러가 저 멀리 날아간 것과 동시에 나는 아무런 꿈도, 아무런 생각도 없는 공간 속으로 빠져들었다.

열 시간을 자도 몸이 피곤한 경우가 있는 반면에 십 분을 자도 몸이 개운한 상태가 있다. 얼마간의 시간이 흘렀을까! 잠이 깬 상태의 몸은 깃털이 부유하듯 가볍게 느껴졌다. 몸을 일으켜서 둘러본 주위는 잠들기 전 상태와 별반 다른 것이 없어 보였다. 시간이 많이 흐르진 않은 것 같았다. 주위에는 여전히 적막한 듯 고요한 자연의 풍광이 자신들의 리듬에 맞는 언어로 대화하고 있었다. 오직 움직이는 것은 자연뿐이었고 다른 것은 없었다. 그런 자연에게 시선을 멍하게 빼앗기고 있는 와중에 저 멀리서 누군가 오고 있는 것이 보였다. 형체의 구분이 가능한 시야에 들어온 그 누군가는 마리였다. 마리는 마치 오케스트라의 지휘자 같이 근엄한 모습으로 자연 앞에 서 있었고, 자연은 그 앞에서 순응하듯 마리의 지휘에 맞추어 각자의 화음으로 합주했다. 모든 광경이 조금 전에 보았던 모습과 겹치고 있다는 것을 느끼는 찰나에 마리의 머플러가 바람에 풀려 날아갔다. 바람의 방향에 의지한 머플러는 마리의 뒤쪽으로 날아가는가 싶더니 갑자기 내 쪽으로 방향을 바꾸어 날아왔다. 나는 머플러가 금세 다른 곳으로 날아갈까 봐 재빨리 몸을 일으켜 뛰어가서 머플러를 간신히 붙잡았다. 졸지에 보통 목소리로 대화가 가능한 거리에

42

서 마리와 마주하게 됐다. 시간은 조금밖에 지나지 않았겠지만 내가 연대기를 보아서 그런지 마치 몇십 년 만에 마리를 다시 보는 것 같은 느낌이었다. 하마터면 나는 오래된 친구와 포옹하듯이 마리를 왈칵 껴안을 뻔했다.

"또 잤나 보네?" 마리는 말을 마치고 나서 자다가 삐친 것 같은 내 머리 모양을 다시 고쳐주었다. 짧은 순간이었지만 연인의 손길처럼 다정하게 느껴졌다.

"아! 네…."

"배는 안 고파?"

"잠들기 전에는 배고팠는데 지금은 막 일어나서 그런지 잘 모르겠어요." 말을 마친 순간 갑자기 배에서 꼬로록 소리가 두 번이나 크게 울렸다. 마리는 "훗훗." 짧게 웃고는 주머니에서 과자 봉지 같은 것을 꺼내서 내게 주었다.

"이거 먹어. 입속에서 유동식이 되는 에너지 식량이야. 다른 음식은 먹을 수가 없으니 밥 안 준다고 섭섭해하지 말고."

"혹시 이것도 맛이 이상한 건 아니죠?"

"네가 알던 초콜릿 맛과 비슷할 거야."

"네. 감사합니다. 잘 먹겠습니다." 나는 봉지를 뜯어서 초콜릿 바 같은 것을 입에 넣었다. 마리의 말대로 초콜릿 맛이었는데 바닐라 향이 가미돼서 좀 더 향긋했다. 저작성이 좋아서 부드럽게 목으로 넘어갔고, 먹은 지 얼마 안 돼서 든든한 포만감이 바로 들었다.

"봉지는 그냥 바닥에 버려. 자연 분해되는 거야."

"아! 네. 잘 먹었습니다."

"좀 걸을까?"

"네. 근데 다른 분들은요?"

"이든 님이 의회에 일정이 있으셔서 다들 그리로 바로 가셨어."

마리는 마더힐로 왔던 방향이 아닌 반대편으로 발길을 옮겼다. 우리는 걷다가 가끔 팔이 스쳐지는 간격으로 나란히 걸었다.

"연대기를 보고 무슨 생각이 들었어?"

"공상 영화 한 편 본 느낌이에요. 당신들이 우리를 창조한 '신'인가요? 우리를 통해서 원하는 목적을 이룬 다음에는 어떻게 하실 거죠?" 마리는 잠시 표정이 어두워졌다가 이내 평소의 말투로 대답을 했다.

"엄밀히 말하자면 너희는 우리의 창조물이 아닌 우리의 조상 격이지. 우리가 변화되기 이전의 순수한 육체를 지녔으니까. 네가 있던 곳에서 우리의 존재를 아는 사람은 몇 명 안 돼. 너희들은 지금까지 살아온 것처럼 완전한 자유의지를 가지고 스스로 살아가면 되는 거지. 너희들의 역사는 너희들이 만들어 왔어. 앞으로도 그럴 거야. 단지 안타까운 것은 비슷의 지난 실수를 되풀이하고 있다는 것이지. 본질적인 인간의 습성인지도 몰라."

"그렇게 되도록 의도한 것은 아니고요?"

"의도? 우리가 의도한 것은 없어. 모든 것은 너희들이 선택한 결

44

과야. 의도 보다는 우리가 원하는 환경을 조금 만들어 놨다고 봐야겠지. 고생대의 퇴적이라는 것은 지구 전체가 물에 잠긴 환경에서 강력한 회전에 의해 생성된 단기간의 적층이지만, 너희들은 확실하지 않은 과학의 잣대를 들이대며 마치 수십억 년에 걸쳐서 생긴 것으로 결론 내리잖아? 너희들이 쐐기 문자를 쓰기 시작한 것이 불과 7천 년 전이야. 그 이후 비약적으로 문명을 발전시켰지. 문자를 사용하기 이전의 기억이 너희들에게 왜 없지? 그건 성장한 어른이 한두 살 때의 일을 알지 못하는 것과 같은 거야. 젖을 먹으며 부모의 사랑을 어렴풋이 느끼는 정도지. 우리의 젖을 먹으며 너희는 성장한 거야. 조금 더 과학이 발전하면 우리의 존재를 알아내겠지만 그때까지는 아직 시간이 남아 있지. 하지만 우리보다 36배 빠른 시간을 가지고 있는 너희는 언젠가 우리를 앞지를 수도 있단 얘기겠지? 태초의 비숀에서는 인간이 어떻게 생겨났을 거 같아? 정말 단세포에서 시작했을까? 심해 삼엽충이 양서류가 되어 뭍으로 올라와서 수만 종의 동물로 진화했는데, 그중의 하나가 인간이다? 인간의 기원을 찾기 위해서 우리는 가지고 있는 에너지 총량의 절반 이상을 사용했지. 그렇게 찾은 결과가 바로 저기 보이는 곳에 있어."

마리가 손짓으로 가리킨 곳에는 고대 신전 같은 건물이 웅장하게 자리 잡고 있었다. 회백색의 화강석으로 지어진 외벽은 주위의 빛을 반사하며 은은하게 빛나고 있었다. 벽에는 넝쿨이 복잡하게 서로의 몸을 휘감으며 지붕까지 올라가려 하고 있었다. 마치 그물망에 쌓인 진주가 발광하는 것 같았다. 중앙에 자리 잡은 거대한 철문은 우리가 다가서자 육중하지만 부드러운 소리를 내면서 저절로 열렸다. 회당의 가운데는 붉은색 카펫이 길게 깔려 있었고, 좌·우에는 정면을 바라보는 긴 나무 의자들이 배열되어 있었다. 정면 강단의 뒤쪽으로는 빛이 들지 않는 어두운 벽면의 중앙에 십자가 모양의 빛이 들고 있었다. 그 빛은 천장에 뚫려 있는 십자가 모양으로부터 벽까지 이어지는 빛 내림 현상으로 생성된 것이었다. 거룩함으로 조용하게 가라앉은 회당의 분위기가 왠지 모를 숭고한 마음을 자아내고 있었다.

"우리의 지금 상황은 너무나 절망적이야…" 나지막한 목소리로 마리가 말을 꺼냈다. 아주 작게 속삭이듯 말했지만 목소리의 파동은 공기에 저항을 받지 않는 듯 더욱 또렷하게 들려왔다.

"불행한 상황은 절망을 만들고, 그런 상황에서 벗어날 힘이 없다면 절망이라는 놈은 더욱더 견고하게 숨통을 조이지. 오직 희망이라는 한 줄기 빛의 끈을 잡고 역경을 버티는 거야. 끈을 놓지 않고 인내하면서 죽을힘을 다해 노력한다면, 언젠가 절망의 역경에서 벗어나 빛의 근원으로 다가갈 수 있겠지."

"신이 있다면 지금이라도 신에게 부탁하면 되는 거 아닌가요? 신이라면 모든 것이 가능하잖아요?"

"우리는 태초의 우리가 BC 9000년에 순간적으로 생겨났다는 것을 알아냈어. 그 창조의 시작은 시공간을 초월한 7차원 세계에 계신

신의 손길이었던 거야. 신의 존재는 알 수 있었지만 고작 제한된 공간을 뛰어넘을 수 있는 4차원에 다다른 우리의 한계로는 물리적으로 절대 신에게 다가설 수 없지. 기도를 통한 신과의 교감도 이제 성경에나 쓰여 있는 얘기야. 우리는 낙원에서 쫓겨났어. 모든 것은 우리가 신의 사랑을 외면한 결과겠지. 우리의 종말은 피할 수 없는 운명인지도 몰라. 그리고 남아 있는 시간조차 얼마 남지 않았지. 우리는 마지막으로 할 수 있는 최대한의 모든 노력을 하기로 했어. 그러고 나서 이 회당에 다시 모일 거야. 그 결과가 성공이든 실패든지 간에. 그때가 되면 우리는 모든 죄의 용서를 구하며 기도할 거야.

무리하고 이기적인 부탁인 줄은 알지만… 우리와 함께 노력해 주지 않을래? 너는 우리에게 남은 마지막 희망의 끈이야."

마리의 눈동자가 창백한 얼굴에서 떨리고 있었다. 마치 얼음 호수 중앙에서 날개를 다친 백조가 하늘을 향해 온 힘을 다해 날갯짓하는 듯했다. 그 떨림이 종말이라는 두려움에서 기인한 것인지, 희망의 끈으로부터인지는 알 수 없었다. 단지 어느 쪽이든 처절하게 진실적인 몸짓인 것은 분명했다. 나는 강단 뒤편의 어두운 벽에서 밝게 빛나는 십자가를 보았다. 그 형상을 만들어 내고 있는 빛의 근원. 그곳에 다다를 수 있는 마지막 남은 희망. 그 희망이 내게로부터라면, 내가 아니면 안 되는 것이라면 나는 과연 어떤 선택을 해야 하는 것인가! 이곳에 오지 않았더라면 내게 어떤 삶이 주어지게 됐을까? 평범하게 살다가 필연으로 다가올 AI와의 전쟁 속에서 무기력하게 생을 마감하게 되지 않을까? 어차피 내가 없어도 이 세상에 올 것은 오고 갈 것은 간다. 그럴 바에는 차라리 조금이라도 의미 있는 일을 하는 것이 낫지 않을까? 마리와 함께 무언가 내가 할 수 있는 일을 한다면 내가 있는 지구에도 희망이 생기지 않을까? 나는 날개 다친 백조의 날갯짓을 도와주고 싶었고 나 또한 백조가 가고자 하는 곳에 가고 싶어졌다. 그곳이 폭풍 속의 어둠이든, 푸른 바다 곁의 낙원이든지 간에 나도 함께 날아가기로 결심했다.

"알았어요. 제가 무엇을 할 수 있는지 모르지만 한번 해볼게요."

"… 정말 고마워 세정아. 부탁하면서도 사실은 네가 거절해도 어쩔 수 없다는 생각을 했어. 정말 고마워… 그리고 미안해…" 마리의 눈가에 밀려 나온 눈물이 글썽거렸다. 더 나오려는 눈물을 참으려는지 손으로 눈물을 훔치고는 내 두 손을 꼭 마주 잡았다.

"제가 하고 싶어서 하는 거예요. 이제껏 저에게 주어지는 대로 그냥 의미 없이 살았지만 두 세계를 위해서 제가 무엇을 할 수 있다면 그건 정말 멋진 일이잖아요? 제가 해낼 수 있도록 노력할게요."

"고마워. 하지만 네가 가진 그 이상의 것을 희생하면 안 돼. 네가 끝까지 무사한 것이 내가 바라는 것이고, 우린 그것으로 만족할 거야. 결과가 어떻게 되든."

"알겠습니다. 박사님."

서로의 말문이 잠시 막혀 있는 동안에 나와 마리 사이의 기류가 갑자기 뜨겁게 느껴졌다. 마리의 창백했던 하얀 볼이 벚꽃 잎처럼 분홍색으로 물들어 가고 있었다. 1초 남짓의 시간이었을 것인데 1 분은 흘러간 듯했고 0.1초의 시간이 더 길어질수록 분위기는 점점 어색하게 변하고 있었다.

"박사님?… 그냥 마리라고 부르면 돼." 마리가 가볍게 웃으며 말을 마치자 우리의 두 손은 자연스레 떨어졌고 어색함도 함께 멀어져 갔다.

"네. 마리 님."

"그냥 마리라고 하라니깐." 마리는 장난스럽게 어깨로 나를 밀치면서 말했다. 무의식중에 밀쳐진 나는 중심을 잡지 못하고 깽깽 걸음을 하면서 가까스로 몸을 지탱해 섰다.

"어! 넘어질 뻔했잖아요."

"하하하. 너무 부실한데?"

"원래 안 이런데 지금 몸이 이상해서 그런 거예요."

"농담이야. 자! 이제 중심부로 돌아가자."

"네."

배가슈트

마리와 나는 중심부로 돌아와서 실내 체육관 같은 곳으로 들어왔다. 바닥은 기름이 칠해져서 윤기가 도는 편백나무 같은 마루판이 깔려 있었고, 농구대 등의 체육 시설이 벽을 따라서 한쪽에 놓여 있었다. 높은 천장에는 접시 형태의 투광등이 격자 배열로 빼곡히 설치돼 있었다. 처음에 있었던 방과 마찬가지로 대부분 하얀색으로 내장 마감이 되어 있었다.

"이거 입어봐." 마리는 내게 잘 개어진 흰색 옷가지를 건네주었다.

"지금요?"

"응."

"여기에서요?

"응."

빤히 쳐다보며 옷을 갈아입으라는 마리의 표정에 나는 당황하며 마리에게 돌아서 달라는 듯 손가락으로 원을 그려 보였다.

"볼 것도 없는데 뭘 부끄러워해?"

그제야 나는 다시 나의 상태가 떠올랐고 마리는 여전히 돌아설 생각이 없어 보였다. 한 번 더 간곡히 부탁하자 마리는 어쩔 수 없는 듯 돌아서 주었다. 나는 최대한 빨리 옷을 갈아입으려 했지만, 마음만 급했지 옷의 앞뒤를 헷갈리고 바지에 다리를 잘 못 집어넣는 등 엉거주춤하게 옷을 갈아입게 됐다. 내게 딱 맞춰 놓은 것처럼 몸에 착 달라붙는 흰색 옷이었다.

"잘 어울리는데?"

"아. 그래요?" 나의 멋쩍은 대답이 끝나기도 전에 마리는 내게 야구공 같은 것을 힘껏 던졌다. 속도가 너무 빨라서 내가 공을 알아차린 시점에는 이미 공이 코앞에 있었다. 나는 반사적으로 손을 올려 공을 잡았고, 내 손 안에 잡힌 공은 펑 소리를 내며 터졌다.

"갑자기 왜 이러세요. 깜짝 놀랐잖아요."

"역시 좋은 정신력이야. 지금 네가 입은 옷은 배가슈트라고 해. 너의 신경과 교감하며 모든 근육의 움직임을 감지해서 신호가 포착된 곳의 힘과 속도를 몇 배 또는 수십 배로 증폭시켜 주는 옷이야. 그 수치는 착용하는 사람의 정신력과 신체감각에 비례하게 되어 있어. 보통 사람은 입어 봤자 아무런 소용이 없지. 이번에는 이것도 잡아볼래?" 마리는 천장을 향해 공을 던졌다. 공을 잡으려면 공이 다시 떨어질 위치를 짐작해서 그곳으로 이동한 다음에 그 밑에서 잡는 것이 정상일 것이다. 하지만 나는 나도 모르게 공을 향해 달려가 뛰어올랐다. 공을 잡고 내려온 나의 발 위치는 지면에서 2미터 이상은 된 것 같았다.

"와! 지금 제가 뭘 한 거죠? 하늘을 날 수도 있을 것 같은 기분이 들어요."

"날지는 못하더라도 훈련을 한다면 지금보다 훨씬 더 높이 뛸 수 있을 거야." 마리가 벽 쪽의 모니터 패널로 다가가 무언가 조작을 마치자 바닥의 가운데 부분이 네모꼴로 열리더니 깊어 보이는 다이빙 풀장 같은 것이 나타났다. 마리는 물속으로 쇠공을 던지고는 나를 쳐다봤다.

"혹시 '물어와!' 하는 것 같은 느낌이 지금 시점에서 살짝 드는데, 그거 아닌 거죠?" 내 말에 마리는 흠칫 놀라는 표정을 아주 짧은 순간 내비쳤다.

"아니야 무슨. 여기 지온에서만 할 수 있는 너만의 특화작업이 슈트에 필요해서 그래. 이번만 공을 찾아와. 그러면 기본적인 데이터 수집은 끝날 것 같으니깐."

"알았어요." 말을 마친 나는 마리를 한 번 째려보고는 풀장으로 다가가 물속을 들여다봤다. 쇠공은 벌써 가라앉아서 어디에 있는지 보이지 않았고 물은 상당히 깊어 보였다. 중학교 때까지 수영부에서 활동했던 나는 일단 잠수할 수 있는 데까지 가보기로 하고 멋지게 다이빙하여 물속으로 들어갔다. 입수한 지 얼마 안 돼서 슈트의 색이 풀장 내부 색과 같은 파란색으로 변해서 몸의 형체가 주변과 잘 구별되지 않았다. 5에서 6미터쯤 내려갔을 때 저 멀리 바닥 한쪽 구석에서 희미하게 빛나는 야광 쇠공이 보였다. 30미터는 돼 보이는 깊이였는데 내 실력으로는 도저히 도달할 수 없는 거리였다. 나는 오래 생각할 필요 없이 물 밖으로 나가기로 결심하고 머리 방향을 돌리려는 찰나에 벽으로부터 강한 수압의 소용돌이가 몰아쳤다. 소용돌이에 휩싸인 나는 벗어나려고 발버둥 쳤지만 아무런 효과가 없었다. 당황한 나는 호흡에도 한계가 밀려와서 더 이상 숨을 쉴 수 없는 상태가 되었다. 휘돌려지는 물속에서 정신이 희미해지기 시작할 때쯤 목 뒤편에서 순간적으로 보호구 같은 헬멧이 튀어나와서 머리와 얼굴 전체를 감싸주었다. 나는 헬멧 속에서 숨을 쉴 수 있게 됐다.

"괜찮은 거야?" 마리의 목소리였다. 헬멧에 통신 기능이 있었다.

"정신을 잃을 뻔했는데 지금 헬멧이 튀어나와서 숨 좀 쉬고 있어요. 소용돌이에 갇혀서 계속 빙글빙글 돌고 있는데 정신이 하나도 없습니다."

"헬멧은 위급상황에서 자동으로 펼쳐지는 건데 네가 원할 때 목 뒤에 있는 버튼을 누르면 착용 및 수납이 가능해."

"이런 기능은 미리 알려줄 수 없었나요?"

"그래도 되지만 네가 직접 환경을 겪어보면서 슈트와 동기화를 맞추는 것이 중요하기 때문에 말 안 한 거야. 미안. 이제 숨도 편해졌으니 소용돌이에서 빠져나올 수 있겠지? 정신을 집중해 봐."

"너무 어지럽지만 해볼게요."

"'해볼게요.'가 아니야. 거기서 못 나오면 죽을 수도 있어."

"네? 알겠어요."

나는 몇 번을 더 벗어나려고 했으나 다시 소용돌이에 휘말렸다. 설마 죽기까지 내버려 둘까 싶었지만 오기가 생겼다. 눈을 감고 정신을 집중했다. 몸은 돌고 있었지만 정신은 바른 자세로 중심을 잡았다. 나는 호흡을 가다듬은 뒤에 더 깊은 밑쪽으로 방향을 정해서 있는 힘껏 팔과 다리를 저었다. 슈트에서 강한 힘이 전해지는 것이 느껴졌고 나는 소용돌이를 빠져나올 수 있었다. 밑에서 바라본 소용돌이는 마치 성난 토네이도같이 보였다. 몸이 자유로워지고 숨쉬기가 편해진 이상 공이 있는 더 밑에까지 내려갈 수 있었고, 나는 공을 집어서 물 밖으로 나왔다. 파란색이었던 슈트는 다시 흰색으로 바뀌었다. 나는 목 뒤의 버튼을 눌러서 헬멧을 수납했다.

"공 찾아 왔어요." 숨이 약간 거칠게 나왔다.

"역시 난 네가 쉽게 해낼 줄 알았어."

"'쉽게'는 아니었어요."

"그래. 고생했어. 필요한 데이터 수집은 다 됐으니 이제 식사도 할 겸 좀 쉬러 가자. 다시 옷 갈아입어."

"네."

"슈트는 여기에 두고 가면 우리 연구원이 특화작업을 해놓을 거야."

집으로

우리는 조용한 레스토랑으로 자리를 옮겼고, 중앙의 홀보다 한 단 높게 설치된 창가 쪽 자리로 안내받았다. 언뜻 보기에 가장 좋은 자리 같아 보였다. 전체가 창으로 이어진 외벽 밖으로 펼쳐진 광활한 우주의 모습에 나는 또다시 감탄했다. 천장의 윗부분에서 클래식 음악이 흘러나오고 있었는데, 마치 음향으로 이루어진 울타리가 우리를 감싸고 있는 것 같았다. 띄엄띄엄 테이블에 앉은 사람들이 조용히 대화를 나누며 식사를 하고 있었다. 곁눈질로 가끔씩 우리 쪽을 쳐다보다가 나와 눈이 마주치면 태연하게 자세를 고쳐 잡으며 자신들의 대화를 이어나갔다. 마리는 먼저 나온 수프와 샐러드를 다 먹은 후에 이제 막 나온 스테이크를 적당한 크기로 썰어서 한 입 먹고는 오물오물 씹고 있었다. 내 앞의 접시에는 아까 먹었던 에너지 식량 한 덩어리가 놓여 있었다. 나는 에너지 식량이 스테이크인 양 큼지막하게 나이프로 썬 것을 포크로 집어 먹었다. 접시 옆에 놓인 음료 잔에는 여기에 와서 처음 먹었던 당근 주스 같은 것이 담겨 있었고, 나는 입에 델 생각도 하지 않았다.

"맛있게 잘 드시네요?"

"아. 아니야. 나 혼자 식사를 하는 것 같아서 미안하네. 너도 음료 좀 마셔가면서 천천히 먹어."

"됐습니다. 세 번은 안 속습니다."

"좀 퍽퍽할 텐데…." 마리는 짓궂게 나를 놀리려는 듯 자신 앞에 있는 음료 잔을 가져다가 향을 음미하며 한 모금 홀짝였다. 나는 그 모습이 얄밉지 않고 오물거리는 입술이 무척 귀엽게 느껴졌다. 식사 후에 테이블이 깨끗하게 치워졌고, 마리 앞에는 커피 한 잔이 놓여 있었다.

"우주가 참 아름다워요."

"내게는 벽처럼 느껴져. 절대로 벗어날 수 없는 어둠의 장벽. 끝에 다다랐다 싶어도 또다시 끝이 안 보이게 펼쳐져 있지. 우리가 다시 푸른 하늘의 태양을 바라볼 수 있는 지구에 있게 된다면 나는 오히려 한정된 공간의 그곳에서 자유의 해방감을 느낄 것 같아." 앳되지만 강해 보이던 마리의 얼굴에 잠시나마 애석함이 묻어 있는 표정이 나타났다 사라졌다.

"그렇게 될 거예요." 나는 의미 없는 위로의 말이 아닌 진정으로 될 수 있다는 믿음이 마음에서 우러나와서 말했다.

"그래. 고마워." 마리는 금세 밝은 얼굴 표정으로 고마움을 표시했다. 창밖의 우주 저 멀리에서 밝게 빛나는 긴 꼬리를 가진 혜성이 나타나 보였다.

"어! 근데 여기에서도 우리 비토벤 음악을 듣나요?"

"비토벤? 아! 이 곡은 너희의 비토벤이 비슷한 영감을 받아서 작곡했지만 원래는 우리 때의 생상스가 작곡한 백조라는 곡이 원곡이야. 비토벤도 사실은 베토벤이라는 발음이 원조지. 우주 속에 흐르는 짧은 파동이나 작은 조각의 형태로 부유하는 영감들을 정신력이 뛰어난 사람들은 곧잘 찾아내거든. 그 단초적인 영감을 천재적인 창의성을 바탕으로 창작하는 거야."

"그렇다면 완전하게 순수한 창작품은 없다는 말인가요?"

"사람들이 아기 때부터 아무런 교육과 인간교류 없이 음식만 제공받고 살아간다면 어떤 일이 벌어질까? 결과에 대한 추론은 네 자유에 맡길게. 지금 얘기하고 있는 창작을 굳이 비율로 따지자면 사회로부터 배워서 기본 바탕을 두는 사전 지식이 6할 정도 되고, 나머지는 순수한 창의성과 영감이 반반 정도 되지 않을까 해."

우리는 소소한 대화를 조금 더 나누었고, 식당을 나와서는 내가 처음 있던 방으로 돌아왔다.

"오늘 밤은 푹 자둬. 내일 아침에는 바로 떠나야 하니까."

"지금이 밤인지 아침인지도 잘 모르겠어요. 잠이 안 올 것 같아요."

"그래도 너무 많은 생각은 하지 말고 자려고 노력해 봐. 혹시 아니? 꿈속에서 예쁜 여자 친구를 사귀게 될지?"

"저 그런 꿈 안 꿔요. 그리고 여자 친구도 있어요."

"어! 거짓말도 할 줄 아네?" 나는 마리가 내 상황을 알고 있으리라는 것을 깜빡했고, 부끄러움에 얼굴이 달아올랐다.

"걱정도 너무 하지 마. '내일'이라는 것은 두려운 마음으로 밀어낼 수 있는 존재가 아니니까. 준비된 자세로 맞이하고 보내주면 되는 거야." 마리는 손을 내밀어서 내 어깨에 힘을 실어주듯이 살짝 움켜쥐고는 옅은 미소를 보이며 손을 다시 거두었다.

"네. 알겠습니다. 말씀 들으니 한결 마음이 편해지네요. 마리도 좋은 밤 보내시고 좋은 꿈 꾸세요."

"그래. 그럼 내일 보자."

나는 잠시 창밖을 바라보다가 침대에 누웠다. 내일은… 그다음의 내일은… 또 그다음의 내일은…. 마리의 말대로 내일을 담대하게 맞이하려면 어떤 자세를 가져야 할까. 앞으로 무얼 어떻게 해야 할까. 멍하니 천장을 응시하고 있던 순간 마리가 살며시 잡아준 어깨의 감촉과 정감 느껴지는 마리의 얼굴 표정이 떠올랐다. 갑자기 가슴속에 몽글한 어떤 감정이 일렁였고, 앞으로 어떤 일이 내게 생기더라도 잘 헤쳐나가리라는 자신감이 마음속에 든든하게 자리 잡고 있었다. 수많은 장면이 연출된 기나긴 역사 무대의 마지막 커튼이 이제 펼쳐질 것이다. 인류는 어떤 자세로 미래를 맞이하게 될까. 스스로의 괴멸을 자처할 것인지, 파멸의 필연을 깨트리고 더 나은 미래를 만들어 갈 수 있을지 알 수 없는 일이었다. 여기에 와서야 보이게 된 것이 있었다. 창밖으로 보이는 무한의 우주 중에 아주 조그만 지구 안에서 알량한 국가 간에, 이웃 간에, 동료 간에 죽음을 불사하며 악한 감정을 가지고 서로 죽이려 하는 모습들이 너무나 가련하게 생각됐다. 저 작은 지구에서 더 많은 땅과 더 많은 돈을 위해서 처절하게 한평생을 사는 사람들. 자신들의 입장에서 정당화시킨 전쟁은 옳은 것인가? 인류 최초의 살인. 그것을 포함한 이 세상의 모든 폭력은 그저 인간 내부에 있는 질투나 분노, 제어하지 못하는 열등감에서 비롯되는 것이고, 비루하고 하찮은 우월감의 표출일 뿐이다. 기혼인과 티그리인. 어느 쪽이 인간의 본성에 더 가깝다고 할 수 있을까? 단순히 환경의 영향에 의한 특성이었을까? 비숀의 경우나 유프라의 모습을 비추어 봤을 때 아마도 티그리인이 가장 원초적인 인간의 모습이 아닐까 하는 생각도 들었다. 욕심에 의한 권력, 돈, 땅을 최고로 여기는 세상. 마지막 지구는 어떤 운명을 선택할 것인가! 선택을 할 수 있는 분별력은 남아 있는 것인가? 가려진 눈으로 탐욕이라는 올무에 걸린 채 집단적으로 이끌려가는 세계는 각성의 눈을 뜨지 않는 한 그 올무에서 벗어날 수 없을 것이다. 그럼에도 불구하고 나는 한 가닥의 신념이 담긴 희망을 꿈꾸며 이루지 못하는 잠을 청했다.

얼마나 잤을까. 신체의 변화에서 기인한 것인지 도무지 시간의 흐름을 짐작할 수가 없었다. 낮에 잠깐 잤던 잠에서는 개운함을 느꼈지만 지금의 육체 감각은 매우 이질적이어서 마치 로봇 속에 내 정신만 있는 것 같은 기분이었다. 갈증으로 인해서 처음에는 따뜻한 차 한 잔이 먹고 싶더니 이내 국밥, 칼국수, 피자 등 온갖 것이 생각났다. 돌아가면 우선 밥부터 왕창 먹기로 결심했다. 창밖을 보며 이런저런 생각을 한참 하다가 다시 침대에 누웠는데 잠이 들어버렸다. 꿈속에서 나는 엄청난 높이의 검은 원통 속 중심에 있었다. 중압감과 고요함이 동시에 느껴지는 어두운 공간이었다. 마치 태아가 되어 자궁 속에 있다면 혹시 이런 느낌이 아니었을까 하는 생각이 들었다. 변할 것 같지 않던 절대의 안정감 속에 묻혀 있는 검은 벽에서 작은 모니터가 하나둘씩 켜지더니 각자의 음성을 내기 시작했다. 여기저기서 아름다운 노래와 사랑의 속삭임 등이 감미롭게 들렸다. 감흥은 그리 오래 가지 못했다. 모니터가 순차적으로 점점 더 많이 켜지더니 원통 속에 있는 셀 수 없이 많은 모니터가 전부 켜졌다. 수천만 개의 모니터에서 나오는 소리에 내 정신은 혼비백산 되었다. 이 원통은 다름 아닌 세계였던 것이다. 소리들은 점점 커지면서 내 머리를 찢을 듯이 울려댔다. 손으로 두 귀를 막았지만 아무 소용이 없었고 나는 무력했다. 나의 절규는 세상의 소리들에 묻혀서 내 귀에도 들리지 않았다. 여기서 정신을 잃으면 꿈에서 깨어나는 것이 아니라 이대로 죽을 것만 같았다. 고통의 몸부림으로 바닥에 쓰러지는 찰나에 마리의 음성이 들렸다.

"세정아! 세정아! 일어나!" 나는 마리의 목소리에 잠에서 깨어났다. 식은땀에 온몸이 젖어 있었다. 주위를 둘러보니 마리 외에 몇 사람이 더 있었는데 그중 한 사람은 이든 의장님이었다. 나는 침대에서 내려와 옷매무새를 가다듬고 의장님께 인사드렸다.

"안녕하세요. 의장님!"

"오. 세정 군. 지난밤은 편히 보내셨나요?"

"네… 잘 보냈습니다."

"만나자마자 다시 헤어지려니 섭섭하군요. 대화라도 많이 나누었어야 했는데…. 제가 의회에서 급한 용무로 시간이 허락되지 못해 미안해요."

"아닙니다. 괜찮습니다. 마리 박사님이 계속 함께해 주셔서 좋은 시간 보냈습니다."

"그렇다니 다행이군요. 그래도 미안한 마음은 제가 가지고 있겠습니다. 그리고 힘든 결정 내려주셔서 깊은 감사의 말씀드립니다."

"강제로 누군가에 의해 주어진 일이라면 못 하겠지만 제 스스로 결의가 생긴 겁니다. 제가 어떤 일을 하게 될지 모르겠지만 꼭 해내도록 하겠습니다."

"고맙습니다. 세정 군의 호기에 든든한 마음이 생깁니다. 저도 이곳에서 열심히 노력하겠습니다. 이제 남은 인류의 마지막 사투가 시작됩니다. 유프라의 시간보다 이곳은 더 급박하게 보내게 될 것입니다. 어떤 결말로 끝나든 그것은 신의 뜻일지 모릅니다. 그러나 우리는 살아 있는 한 우리의 운명을 스스로 개척해 갈 수 있는 권한이 있습니다. 우리가 지난 과오를 철저하게 뉘우치고 올바름과 정의를 실현할 때 신께서 우리를 올바른 방향으로 인도하여 주실 겁니다."

의장님은 말을 마치고 내게 악수를 청했고, 맞잡은 내 손을 두 손으로 꼭 잡아주었다.

"이제 마지막 송별은 마리 박사에게 맡기고 우리는 그만 나가보도록 합시다." 의장님이 열심히 기계조작반을 만지고 있던 두 사람을 향해서 말하자 두 사람은 짧게 "네."라고 대답하고는 일을 마쳤다. 한 사람은 키가 작고 통통했으며, 한 사람은 보통 키에 깡마른 체구였다. 둘 다 건조하고 무표정한 얼굴을 하고 있었다. 의장님이 먼저 나를 향해서 마지막 인사를 담은 목례를 했고 나머지 두 사람도 내게 허리를 가볍게 숙였다. 나의 답례를 받은 그들은 돌아서서 방 밖으로 나갔다. 방에는 나와 마리만 남게 되었다.

"자! 이제 그럼 제가 뭘 어떻게 하면 되죠?" 최대한 의연해 보이려는 나의 어색한 말투였다. 단도직입적인 나의 물음에 마리가 살짝 당황한 기색이 보였다.

"음… 일단 돌아가게 되면 하숙집에 있는 침대 밑쪽을 살펴봐. 배가슈트 케이스가 있을 거야. 그걸 챙겨서 케이스 내부 쪽지에 적혀 있는 장소로 찾아가. 그곳에서 '마스터 류'라는 사람이 너를 훈련시켜 줄 거야. 아주 많이 혹독할 거야."

"앞으로 연락은 할 수 없는 건가요?"

"아직은 직접 연락할 수 있는 방법이 없어. 너에 대한 바이탈 신호만 우리가 알 수 있지. 돌아가게 되면 네 손목 위에 미립 형태의 칩으로 구성된 우리 행성 모양의 흉터가 생겨 있을 거야. 그걸 통해서 어떤 영감처럼 순간적인 정보를 너의 뇌에 단편적으로 전달할 수는 있지만 구체적인 대화의 수준으로는 할 수 없어. 우주 공간의 통로 사이에 중계기를 설치하는 방법도 연구하고 있지만 시간이 걸리는 문제야. AI왕에게 우리 정보가 노출될 여지도 있어서 매우 신중하게 진행 중이야. 실현하지 못할 가능성이 높아. '여행자'라고 불리는 타고난 신체 능력을 바탕으로 시간차에 대해 고도로 훈련된 사람들이 있어. 그들을 통해서 너에게 메시지가 전달될 거야."

"그럼 다시 볼 수도 없는 건가요?" 마리의 두 눈에 떨림이 일었고, 눈동자는 물기로 젖어 들어서 빛을 반사하기 시작했다.

"내가 그곳에 갈 수도 없고… 아직 우리의 기술이 인간을 완벽하게 만들어 내지는 못해. 지금 너의 상태처럼 한시적인 수준밖에 안 되지. 아마도 영원히 할 수 없을 거야. 그리고 기억이전 작업이 한번은 할 수 있다 해도 두 번째의 기억이전 작업은 위험 수위가 높아서 지구에 있는 네 신체가 심각한 위험에 빠질 수 있어…" 마리는 더 이상 말을 잇지 못했다. 나도 무슨 말을 해야 할지 몰랐다. 지금 헤어지면 마리가 보고 싶어질 것이라는 생각만 들었다. 그리고 다시는 볼 수 없다는 것이 마음을 아프게 했다. 방에는 무거운 침묵이 가득 차서 떨리는 숨소리까지 들릴 지경이었다. 나는 아무 말 없이 마리를 포옹했다. 쿵쾅거리는 심장의 박동 소리가 머리까지 올라와서 울려 퍼졌다.

"다시 볼 수 있을 거예요. 박사님은 똑똑하시니까 방법을 찾으세요. 저도 최선을 다해서 제 할 일을 잘 마칠게요."

"알았어. 방법을 꼭 찾을게."

우리는 포옹을 풀고 조금 더 대화를 나누다가 나는 집으로 가기 위해서 침대에 누웠다. 마리는 내 팔에 주사를 놓기 전에 손을 부드럽게 잡아주었다. 나는 눈을 감았다. 팔에 따끔한 통증이 났고, 이내 정신이 흐려지는 순간 마리의 마지막 음성이 들렸다.

"잘 가. 세정아. 너에게는 특별한 능력이 있어. 넌 잘 해낼 수 있을 거야. 네 자신을 꼭 믿어야 해."

2부

준비

한 달여간의 혼수상태에서 깨어났다. 내 머릿속에 남아 있는 것은 실제의 기억인가? 꿈인가? 그것이 꿈이었다면 꿈을 그렇게 일관되게 꿀 수 있는 것인가? 그리고 내 손목 위에는 이전에 없던 지온행성의 형체와 같은 붉은 흉터가 남아 있었다. 그런데 이것이 누군가 뜨거운 주전자 같은 것을 실수로 내 손목에 데어서 생긴 것이라면? 막상 집에 갔는데 배가슈트 같은 것은 있지 않다면? 나는 현실과 꿈 사이를 오가며 믿음의 마음을 부여잡고 몇 주를 더 병원에서 재활 치료를 받았다.

오랫동안 비워진 하숙집에는 먼지가 살포시 가라앉아 있었다. 나는 가장 먼저 침대 밑부터 살펴봤다. 슈트케이스가 있었다.

'아! 정말.'

지온에서 있었던 모든 기억들이 다시 떠올랐다.

'마리는 잘 있을까?'

한동안 슈트케이스를 멍하니 바라보고 있었다. 그렇게 한참이 지나서야 나는 슈트케이스를 다시 침대 밑으로 집어넣고, 당장 해야 할 것은 먼지가 가득한 집 청소라는 생각을 했다. 나는 집 청소를 끝내고 깨끗해진 바닥에 대자로 드러누웠다. 천장을 향해 손을 뻗어서 기지개를 힘껏 폈다. 개운하고 나른한 안도감이 밀려왔다. 이 안도감을 뒤로하고 나는 곧 떠나야 한다. 손목 위에 흉터가 보였다. 나는 여러 생각 하지 말고 될 수 있는 한 빨리 1주일 안에 떠날 채비를 마치기로 했다. 이런저런 생각 중에 '보송'이가 보고 싶어졌다. 집에 들어오기 전에 먼저 만나 뵌 하숙집 주인아주머니는 보송이를 끝까지 돌봐주신다고 했었다. 왼쪽 눈가에 다소 튀어 보이는 점이 있으신 아주머니는 언제나 쾌활하셔서 주변 사람들을 기분 좋게 해줬다. 나는 4층에 살고 계신 아주머니네로 당장 올라가서 보송이를 보고 싶었지만 참기로 했다. 며칠 후면 다시 헤어져야 하는데 이별의 감정을 앞당기기 싫은 이유에서였다. 보송이는 이미 날 잊고 잘 살고 있을지도 모르는 일이었다. 떠날 때 잠깐이라도 보는 것이 날지, 아니면 그냥 가는 것이 날지 생각을 더 해보기로 했다.

"냐옹."

"어! 보송아! 여기 어떻게 왔어?" 청소할 때 살짝 열어둔 문틈으

로 보송이가 보였다. 보송이는 연신 "냐옹."거리며 내 쪽으로 다가왔
다. 나는 후다닥 일어나서 다가온 보송이를 품에 안았다.

"어구구. 보송아."

"냐옹." 어디 갔다가 이제 왔냐는 듯이 보송이는 서러움 반, 반가움
반이 섞인 울음소리를 계속 냈다. 우리는 한동안 그렇게 하나의 단어
로 상봉의 기쁨을 나눴다. 나는 4층으로 올라가서 하숙집 아주머니
와 다시 상의했고, 보송이는 떠날 때까지 나하고 같이 있기로 했다.

이것저것 떠날 준비는 마쳤다. 세면도구와 기타 생필품을 먼저 챙
겼고, 옷가지는 얼마나 가져가야 될지 몰라서 될 수 있는 한 많이
꾸려 넣었다. 많은 짐은 큰 배낭과 여행용 캐리어에 꽉 들어찼다. 남
아 있는 짐은 이삿짐센터에서 고향 집에 가져다 놓기로 했다. 이제
떠나야 한다. '내가 이곳에 다시 올 수 있을까?' 잠시 막연하게 불안
한 미래에 대한 감정이 스쳐 지나갔다.

"야옹." 보송이가 꼭 다시 와야 한다는 듯이 내 다리에 몸을 비비
며 소리 냈다.

"알았어. 꼭 다시 올게."

나는 석별의 정을 나눈 보송이를 하숙집 아주머니께 맡기고 내
려와서 훈련할 곳을 향해서 집을 나섰다.

사룡사

버스의 종착역에 가까운 시골 마을에서 내렸다. 여기서부터는 걸어가야 한다. 정류장 맞은편에 있는 조그만 가게를 제외하고는 주위에 아무런 건물도 보이지 않았다. 정류장 뒤편으로는 논과 밭이 넓게 펼쳐져 있었다. 가게 바로 옆에는 커다란 느티나무가 있었고 그 밑에는 평상이 놓여 있었다. 주변에 사람들은 보이지 않았고, 평년보다 조금 일찍 밖으로 나온 매미 소리만 조용히 울려 퍼졌다. 나는 우선 매고 있던 배낭을 평상에 풀고, 캐리어와 슈트케이스도 그 앞에 놓았다. 아침을 간단히 먹어서 그런지 시장한 감이 들었다. 지온에서 돌아온 이후로는 식사량이 엄청 늘었다. 가게에서 뭘 좀 사 먹기로 했다.

"안녕하세요." 문이 열리면서 방울종 소리가 울렸고, 가게 입구에는 계산대 겸 책상이 놓여 있었다. 의자에 앉아서 졸고 있던 주인아저씨가 깨어났다.

"네. 어서 오세요."

나는 빵과 우유를 골라서 계산대에서 계산했다.

"못 보던 분이 신데 어디에 오신 거유?" 아저씨가 못 보던 외지인을 궁금해서 인지 친근하게 물었다.

"저기 광목산에 있는 사룡사를 찾아 왔습니다."

"잉?" 아저씨가 나의 행선지를 듣고는 의아한 표정을 지었다.

"거긴 뭣 하로 가슈?"

"아! 저. 스승님이 계시다고 해서 찾아뵈려고요."

"스승님? 그 괴짜 승려를 말씀하시는 거유?"

"괴짜 승려요? 그건 잘 모르겠고, 여차저차해서 소개받고 찾아가는 겁니다."

"뭘 가르치는지 모르겠지만, 달이 밝은 밤이면 가끔씩 혼자 내려와서 저기 평상에 앉아 술을 한 잔씩 하고 가는데 아주 이상한 분위기를 풍기는 사람이에요. 당신처럼 전에도 몇몇 사람이 그 사찰에 들어갔는데, 한 번 들어간 뒤로는 이제껏 나온 사람을 못 봤어요. 그리고 산 중간 자락 일주문부터는 외부인의 출입이 일체 금지돼 있어요. 그 안에서 뭘 하는지 가끔 큰 소리들이 나는데, 신고를 받고 출동한 경찰들은 아무 이상 없다고 이제는 신경도 안 써요." 아저씨는 무언가 더 말하려는 듯했으나 말을 아꼈다. 인적이 드문 곳에서 혼자 있어서인지 무언가 사소한 흥밋거리 얘기를 좋아하는 사람 같았다.

"알겠습니다. 사장님. 그럼 또 뵙겠습니다."

"그래요. 다음에 또 와요. 꼭."

나는 평상에 걸터앉아 빵과 우유를 먹으며 광목산을 바라보았다. '저기에서 어떤 훈련을 받게 될까?' 느낌적인 생각으로 갑자기 광목산에 어두운 그림자가 드리워지는 듯했다.

왼손에는 슈트케이스를 들고 오른손에는 캐리어를 끌며 사찰을 향해서 산을 올라갔다. 필요 이상으로 많은 짐을 싼 게 아닌가 하는 생각이 들었다. 한참을 더 올라가자 일주문이 나왔다. 일주문 주위로 돌담장이 높게 둘러있어서 더 이상 갈 수 없었다. 어찌해야 하나 싶었는데 기둥 뒤쪽으로 인터폰이 보였다. 호출 버튼을 누르자 잠시 후 중앙대문 옆에 있는 쪽문이 살며시 열렸다. 나는 내려놨던 짐을 다시 챙겨서 안으로 들어섰다. 멀리서 양복을 말끔하게 차려입은 사내가 내 쪽으로 오고 있었다. 날씬한 몸매에 무척 세련된 차림의 사내였다. 머리는 단정하게 가르마를 타서 왁스 같은 헤어용품으로 손질되어 있었다. 한 손에는 휴대용 컴퓨터 패드를 들고 있었다.

"안녕하십니까. 저는 이곳에서 관리 업무를 보고 있는 김수혁 대리라고 합니다. 기다리고 있었습니다."

"네. 안녕하세요. 저는 현세정이라고 합니다." 우리는 인사를 하며 가볍게 악수를 나눴다.

"우선 슈트케이스만 놔두시고 나머지 짐은 저기 보이는 쓰레기통에 버리시지요."

"네? 세면용품이랑 필요한 것들이 다 있는데요?"

"다 준비되어 있으니 그냥 버리십시오. 개인 물품은 일체 반입이
안 됩니다."

"아. 네. 알겠습니다."

짐을 버리고 나자 김수혁 대리님은 이것저것 사소한 규정과 일정
들을 설명하며 사찰 내부로 안내했다. 대충의 내용은 이랬다.

- 04시 30분 : 기상 및 조회

- 04시 50분~06시 : 정신 훈련

- 06시~07시 : 아침 식사

- 07시~09시 : 부상 치유 및 스트레칭

- 09시~11시 : 체력 단련

- 11시~12시 : 점심 식사

- 12시~14시 : 각개 전투 훈련

- 14시~17시 : 협동 전투 훈련

- 17시~18시 30분 : 저녁 식사 및 사찰 청소/정비

- 18시 30분~21시 : 자유 시간

- 21시 취침

- 치약, 칫솔, 비누, 속옷, 의류 등 모든 것은 공동으로 사용

- 퇴소 시까지 외출, 외박 없음

"이곳의 외형은 사찰 같은 모습을 하고 있지만, 사실은 군대와 비슷한 곳이라고 생각하면 편하실 겁니다. 모든 교육과 훈련은 4대 종사이신 마스터 '류'께서 직접 지도하십니다. 호칭은 그냥 방장님이라고 부르시면 됩니다. 그리고 세정 씨보다 먼저 들어온 여섯 명의 대원들이 있습니다. 모두 이십 대의 젊은 사람들이니 서로 의지하며 사이좋게 지내시면 됩니다."

"네. 알겠습니다."

조금 더 가파른 길을 오르자 대웅전으로 보이는 듯한 건물의 모습이 지붕부터 차차 보이기 시작했다. 규모가 그리 크지 않은 소박한 건물이었다. 문이 활짝 열려 있는 대웅전 내부에는 연등이나 기타 꾸밈이 아무것도 없었고 천불상 같은 것도 보이지 않았다. 대웅전의 크기에 비해서 앞마당은 꽤 넓어 보였다. 마당의 귀퉁이와 중앙에는 석등이 있었는데 중앙에 있는 석등의 크기가 제일 컸다. 그 중앙의 석등 옆에서 승복을 입은 중년의 사내가 마당을 쓸고 있었다. 얼핏 승복으로 보였던 옷은 가까이 다가서서 보니 무인들이 입는 도복의 형태와 더 비슷했다. 얼핏 보아도 단단하고 강인해 보이는 체구였다. 수염과 머리가 덥수룩하게 자라있었지만 지저분해 보이지는 않았다. 피부는 구릿빛 광채를 내뿜고 있었고 무인의 내공을 머금고 있는 것 같았다.

"방장님. 현세정 군이 왔습니다."

"호! 세정 군. 반가워요." 방장님이 호기롭게 반가운 얼굴로 인사를 건넸다.

"안녕하십니까."

"먼 길 오느라 고생했어요. 오는 데 힘들지는 않았어요?"

"네. 괜찮았습니다."

"그래요. 피곤할 텐데 숙소에 가서 짐도 좀 풀고 쉬세요. 있다가 저녁에 봅시다."

"네. 감사합니다. 있다가 뵙겠습니다." 인사를 짧게 나눈 뒤에 대리님과 나는 숙소로 향했다.

"밑에 가게에서 이 사찰에 대해 은근히 겁주는 말을 해서 내심 걱정했는데 괜한 걱정을 했나 봐요?"

"아. 가게 아저씨가 또 쓸데없는 소리를 했나 보네요. 이곳에서 사용되는 모든 물품은 한 달에 한 번 헬기로 공급되고 있습니다. 단, 술만 제외하고요. 그래서 우리는 밖으로 나갈 일도 없거니와 규칙상 외부인과의 접촉도 금지돼 있습니다. 그렇다 해도 이곳 사찰에 사람이 있다는 것쯤은 마을 사람들에게 인지시켜야 할 필요가 있었습니다. 그 필요를 핑계로 방장님이 가끔 마을에 내려가서 약주한 잔씩 하시고 오세요. 외부 교류를 차단하고 폐쇄되어 있는 이곳이 마을 사람들에게 좋은 모습으로 보일 리는 없겠죠."

도착한 숙소동의 외부는 고건축 양식이었지만 내부는 현대식으로 꾸며져 있었다. 먼저 들린 식당은 깨끗하고 무척 청결한 모습이었다. 홀 가운데에 열 명 정도 먹을 수 있는 기다란 식탁이 놓여 있었다. 오른쪽 벽면에는 배식대가 있었고 그 뒤로 주방이 있었다. 요리사 겸 영양사님이 한 분 계시다는 데 쉬고 계시는 중인지 자리에 보이지 않는 관계로 있다가 소개받기로 했다. 식당을 나와서 목욕탕으로 갔다. 남·여가 구분되어 있었고, 남자 쪽으로 들어갔다. 탈의실 선반장에는 수건과 활동복으로 보이는 옷가지가 차곡차곡 개어져 있었고, 전신거울과 선풍기, 화장품 등 모든 것이 잘 구비되어 있었다. 샤워실로 들어가는 출입문 쪽 선반에 놓여 있는 칫솔 통에는 여러 개의 칫솔이 꽂혀 있었는데 그것을 누구의 소유 구분 없이 공동으로 쓴다는 것이었다. 나는 속으로 경악을 금치 못했다. 아까 대웅전으로 올라오며 이것저것 들었던 내용 중에 내가 잘못 들었나 싶은 내용이었는데 그게 사실이었던 것이다. 샤워실 안쪽에는 냉탕과 온탕, 사우나 등의 시설을 모두 갖추고 있었다. 샤워실을 나와서 휴게실로 갔다. 휴게실에는 편하게 보이는 소파가 둘러져 있었고 가운데는 큰 TV가 놓여 있었다. 벽에는 장난감으로 보이는 RC 자동차와 비행기 등이 진열되어 있었다. 커다란 창가 옆에는 조그만 피아노와 기타 하나가 놓여 있었다. 편하고 자유로운 분위기 속에서 아늑하게 쉴 수 있을 것 같은 공간이었다. 마지막으로 침실로 안내되었다. 침실도 남·여 구분이 있었고 남자 쪽으로 들어갔다. 흰색 침대보가 깔끔하게 깔려 있는 침대가 벽 쪽으로 나란히 7개가 놓여 있었고 침대 사이에는 개인 관물대가 하나씩 있었다. 침대 맞은편 커다란 창에는 투명할 정도로 밖이 비쳐 보이는 망사로 된 하얀색 커튼이 쳐져 있었다. 창의 양쪽 끝에는 암막으로 보이는 두꺼운 커튼이 접혀져 있었다. 출입문 쪽의 벽에는 무기대가 놓여 있었고 갖가지 총기류와 무기들이 거치되어 있었다. 무엇하나 흐트러지지 않은 정돈된 모습이었다.

"침대는 저쪽에 있는 여섯 번째 것을 쓰시면 됩니다. 침대 오른편에 있는 관물대를 쓰세요. 슈트케이스는 관물대 하단에 있는 보관함에 꽂아 넣으시고, 관물대에 걸려 있는 활동복으로 갈아입으세요. 지금 입고 계신 옷은 저기 보이는 쓰레기통에 버리시고요. 방장님이 제일 중요시 하는 것이 정리, 정돈입니다. 정리, 정돈이 곧 정신 상태라고 말씀하시죠. 아까 청소하고 계시는 모습 보셨죠?"

"네. 봤습니다."

"평소에 자주 청소를 직접 하십니다. 아! 거의 '항상'이라고 해야 겠군요. 자! 이제 저는 가서 일 좀 볼 테니 말씀드린 부분 다 되시면 아까 보셨던 휴게실에서 좀 쉬고 계세요. 대원들 훈련 마치고 돌아오면 소개시켜 주도록 하겠습니다."

"네. 알겠습니다. 여러 가지 친절하게 잘 설명해 주셔서 감사합니다."

"제 일인 걸요 뭘. 그럼 이따가 뵙겠습니다."

"네."

슈트케이스를 넣으려고 보관함 입구에 갖다 대자 케이스가 자동으로 빨려 들어가서 보관되었다. 입고 온 옷은 잘 접어서 쓰레기통에 넣었다. 산 지 얼마 안 된 옷인데 아까웠다. 무기대에 거치돼 있는 무기들이 진짜로 작동하는 것들인지 궁금하고 신기하기도 했다. 총기류뿐 아니라 각종 칼이나 기타 전투 장비 같은 것들이 있었다. 침실을 나와서 휴게실로 가는 도중에 갈증을 느껴서 식당에 잠깐 들리기로 했다. 정수기에서 물을 마시는데 주방 쪽에서 누군가 거동하는 소리가 들렸다. 아마도 영양사님인 것 같았다.

"안녕하십니까?"

"오! 안녕하세요. 새로 오신 대원?"

"네. 현세정이라고 합니다."

"한 명 증원이 된다고 얘기를 들었는데 오늘인지는 몰랐네요. 반가워요. 저는 이곳에서 식사와 영양을 담당하고 있는 홍석우 차장입니다." 홍석우 차장님은 살이 많이 쪘다 싶을 정도로 배가 나오고 덩치가 좋았다. 말할 때는 웃는 얼굴이어서 눈이 반달 모양이 됐다.

"네. 잘 부탁드립니다."

"점심 식사는 하셨어요?"

"네. 산 밑에 있는 가게에서 빵하고 우유 먹고 왔습니다."

"에이. 그거 가지고 되나. 식탁에 잠시 앉아 계세요 내가 뭣 좀 만들어 드릴게."

"아! 아닙니다. 괜찮습니다." 말은 아니라고 했지만 사실은 산에 올라오면서 배가 다 꺼져서 시장기가 있던 참이었다.

"오래 안 걸리니까 잠시 앉아 있어요. 먹는 게 중요해요. 잘 먹어야 해."

"알겠습니다. 감사합니다."

20분 정도 기다리자 홍석우 차장님이 큰 식판에 음식을 담아 왔다. 햄버그스테이크가 크게 두덩이 있었고 스파게티와, 흰 쌀밥과 김치. 피클 등과 크림 수프가 따뜻하게 데워져서 김이 모락모락 나고 있었다.

"천천히 먹어요. 난 안에서 일 좀 보고 있을게요."

"네. 감사히 잘 먹겠습니다." 음식은 정말 맛있었다. 평범한 햄버그가 아니라 진짜 스테이크와 헷갈릴 정도의 식감이 났고, 거기에 깊은 토마토 맛의 특제 소스가 더 해져서 환상적이었다. 맛도 있었지만 양도 넉넉하게 많이 주셔서 아주 배부르게 잘 먹었다. 식사를 마칠 때쯤 홍석우 차장님은 컴퓨터 패드를 들고 내 옆자리에 와서 앉았다.

"정말 맛있게 잘 먹었습니다. 차장님."

"그래요. 사람은 배가 든든해야 해요. 여기 패드 위에 손을 잠간 올려 봐요." 패드 위에 손을 얹자 얇은 녹색 빛이 위에서 아래로 내 손을 훑고 지나갔다.

"음… 영양 상태가 많이 안 좋네. 왜 이렇게 먹는 것을 못 챙겨 먹었어요?"

"제가 병원에서 한 달 정도 수액으로 연명했습니다."

"그랬구만. 앞으로 내가 신경을 쓸 테니 잘 먹기나 해요."

"아. 아닙니다. 저한테 특별히 신경 써주실 필요는 없습니다."

"알았어요. 모두에게 신경 쓴다면 거기에 세정 군도 포함되는 거겠지요. 제가 '모두에게'라는 말을 빼먹었군요. 하하하. 일정이 없는 것 같은데 휴게실에서 좀 쉬세요. 있다가 저녁때 봅시다."

"네. 있다가 뵙겠습니다. 감사합니다."

나는 휴게실 소파에 앉아서 TV를 켰다. 흥미를 끄는 프로그램이 없어서 채널을 여기저기 돌려 보다가 뉴스 채널에서 고정했다. 갈수록 악화되는 경제 상황과 세계 곳곳의 전쟁 얘기가 주를 이루었다. 배가 부르고 편한 자세로 앉아 있으니 식곤증이 밀려왔다. 뉴스 앵커의 목소리가 점점 작게 들리며 나는 잠에 빠졌다.

시끌벅적 사람들이 들어오는 소리에 잠에서 깼다. 김수혁 대리님과 대원들이었다. 대원들의 전투복에는 먼지가 잔뜩 묻어 있었고 험했던 훈련이라는 것을 보여주듯이 전투복의 여기저기가 찢어지고 구멍이 나 있었다. 다들 활기와 기력이 넘쳐 보였다. 세 명은 소파에 흩어져 앉았고, 한 명은 피아노 앞에, 나머지 두 명은 벽과 창가 쪽으로 가서 몸을 기대어 섰다.

"여기는 오늘 새로 온 현세정 대원입니다. 내려받은 코드명은 D-09 백조이며, 고성학 대원과 함께 전술에서 선봉을 맡게 될 겁니다." 대리님이 나부터 대원들에게 소개시켜 주며 간단한 자기소개를

79

부탁했다.

"안녕하십니까. 현세정입니다. 나이는 올해 열아홉 살입니다. 만나 뵙게 되어 반갑습니다. 잘 부탁드립니다." 정말 간단하게 소개를 했지만 대원들은 환영의 박수를 쳐주었다. 이어서 김수혁 대리님이 소파에서 내 쪽으로 가깝게 앉은 사내부터 소개시켜 줬다.

"베어 도미닉입니다." 체격이 크고 우람한 백인 사내였다. 전술에서 후방을 담당한다고 했다.

"공육 엄길수입니다."

"공칠 엄길호입니다." 둘은 사촌 관계의 동갑내기로서 전술에서 허리 역할을 한다고 했다. 둘 다 짧은 밤톨 머리를 하고 있었는데 어찌나 닮았는지 쌍둥이라고 해도 믿을 정도였다.

"오리 정연수입니다." 팀 내 유일한 여자로서 짧은 단발머리에 오뚝한 콧선이 돋보였다. 저격수 역할을 담당한다고 했다.

"올빼미 전도진입니다." 곱슬머리에 동그란 무테안경을 쓰고 있었다. 전술 장비와 상황실을 맡고 있다고 했다.

"참수리 고성학입니다." 키가 훤칠하게 크고 짧은 머리카락이 개성 있게 뻗어 있었다. 팀의 리더 역할을 하면서 전술에서 선봉을 맡고 있다고 했다. 코드 번호는 들어온 순서로 정해진다고 했다.

D-01 고성학
D-02 전도진

D-03 도미닉

D-05 정연수

D-06 엄길수

D-07 엄길호

D-04, 08은 훈련을 견디지 못하고 지원 사업부로 전출됐다고 했다.

　대원들이 씻을 동안 나는 휴게실에 계속 있다가 식사 시간이 돼서야 식당으로 갔다. 대원들은 깨끗하게 씻고 단정한 활동복으로 갈아입어서 그런지 좀 전의 거친 모습은 간데없고 다들 말끔하고 단정해 보였다. 방장님이 식사 전에 오셔서 대원들과 짧은 인사를 나누고 돌아가셨다. 방장님은 식사를 따로 하신다고 했다. 저녁 식사로 삼계탕이 나왔다. 토종닭으로 보이는 닭의 크기가 엄청 컸다. 다들 배가 고팠는지 다리며, 날개를 양손에 하나씩 잡고 게걸스럽게 먹었다. 국물은 한약재 같은 것이 우려 나와서 깊고 담백한 맛이 일품이었고, 쫄깃한 고기 육질은 씹는 맛이 최고였다. 그러나 나는 배가 아직도 꺼지지 않아서 이걸 다 먹을 수 있을지 의문이 들었다. 깨작깨작 먹고 있는 나를 향해서 정연수 선배가 내게 한마디 했다.

　"이봐 신입이! 먹는 게 왜 시원찮아?"

　"아. 그게. 점심을 좀 늦게 먹어서요."

　"허허. 남기면 벌금인데. 오늘은 처음이니까 길수랑 길호가 좀 도와줘."

"저희는 이거 먹고 라면 하나씩 끓여 먹으려고 했는데요."

"어허!"

"네. 알겠습니다. 선배님." 엄길수, 엄길호 선배가 말이 끝나기 무섭게 내 그릇에서 다리 한쪽씩을 크게 떼어가서 반 이상 양이 확 줄었다.

"감사합니다."

"응응. 괜찮아. 라면은 내일 먹지 뭐."

식사가 끝나고 구역 청소를 위해서 대원들이 모였다. 가위, 바위, 보를 해서 이긴 사람 순으로 선호하는 구역을 정했다. 구역마다 두 명씩 짝을 이뤘는데, 나는 도미닉 선배와 함께 체력 단련장으로 가게 됐다. 체력 단련장에는 없는 운동기구가 없을 정도로 다양한 장비가 가득 차 있었다.

"우리나라 말을 아주 잘하시네요. 선배님."

"열심히 연습했지. 처음에 방장님한테 엄청 혼나면서 배웠다."

"근데, 어떻게 여기에 오시게 된 거예요?"

"나중에 편한 시간에 얘기해 줄게. 여기서는 각자의 사연을 묻지 않는 것이 불문율이다. 그렇다고 자기 얘기를 해주는 게 금지되어 있는 것도 아니다. 여기 오는 사람들은 뛰어난 능력자로서 대부분 외부에서 활동하는 인사과 직원에게 발탁되어 온다. 엄청난 급여에

목이 메어 오지만 그에 상응하는 대가가 따르지."

"월급도 주나요?"

"당연하지. 그것도 모르고 온 거나?"

"네. 몰랐어요."

"아! 너는 아마 특이한 케이스라서 그런지 모르겠다. 차차 김수혁 대리가 다 설명해 줄 거다."

"아. 네."

"너는 인사과를 안 거치고 본부에서 직접 배정됐다고 얘기 들었다. 어떤 사연인지는 모르겠지만 이것 또한 불문율. 얘기는 나중에 천천히 하고 우선 청소부터 해보자."

도미닉 선배의 발음은 아직 조금 서툴렀다. 그러나 전해지는 음성으로 짐작건대 따뜻한 마음을 가진 사람인 것 같았다. 체력 단련장은 크게 청소할 것이 없었다. 청소 시간을 줄이기 위해서 기구 등을 사용하고 나면 사용자가 대부분 그때그때 바로 정리한다고 했다. 이곳뿐 아니라 다른 시설에서도 마찬가지라고 했다. 그러지 않고 청소에 많은 시간을 허비하게 되면 서로 피곤하기 때문에 다들 평소에 정리하는 습관이 몸에 배었다고 한다.

군데군데 있는 무거운 중량 추와 역기 등을 도미닉 선배가 제자리로 옮겼다. 그런데 근력이 얼마나 센지 그 무거운 것들을 너무 손쉽게 옮기는 것이었다. 때문에 나는 상대적으로 조금 가벼운 물건들 위주로 정리할 수 있었다.

청소를 마치고 각자 자유 시간을 가졌다. 엄길수, 엄길호 선배와 나는 소파에 앉아서 과자를 먹으며 TV를 시청했고, 다른 사람들은 어디서 무얼 하는지 보이지 않았다. 취침 시간이 되기 15분 전에 소등 및 이동을 금지한다는 내용의 기계음성이 스피커를 통해서 나왔다. 우리는 TV를 보다가 잠든 길호 선배를 깨워서 침실로 이동했다. 다들 각자의 침대에 누워서 이불을 덮었고, 서로 아무런 말도 하지 않았다. 취침 시간이 되자 불이 꺼졌고 잔잔하고 조용한 클래식 음악이 한 곡 연주됐다. 누군가는 벌써 잠들었는지 낮은 코골이를 했다.

내일부터 어떤 훈련을 받게 될지, 그것을 내가 잘 감당할 수 있을지에 대한 생각이 잠시 들었다. 그러나 내일은 아직 오지 않았기에 오지 않은 일을 미리 걱정해 봤자 아무런 소용이 없는 것이었다. 지금 이 순간의 푹신한 침대와 포근한 이불이 좋았다. 배가 아직 꺼지지 않아서 조금 더부룩했지만 오히려 살짝 드는 포만감에 기분이 좋았다. 그것으로 된 것이다. 지금이 좋다면! 좋았던 지금이 지나간 과거도 좋은 것으로 남을 것이고, 이 좋은 기분이 계속 유지된다면, 다가올 미래도 계속 좋은 일이 올 수 있으리란 생각이 들었다. 그렇게 되면 지금부터의 과거, 현재, 미래는 모두 좋은 것으로 채워질 것이다. 편안한 밤이었다. 내가 잘할 수 있을 것이라는 마리의 마지막 음성이 귓가에 들려왔다.

"잘 자. 세정아. 너에게는 특별한 능력이 있어. 넌 잘 해낼 수 있을 거야. 네 자신을 꼭 믿어야 해."

본격 훈련

04시 30분. 기상을 알리는 행진곡이 나지막이 울려 퍼졌다. 대원들은 일제히 일어나서 전투복으로 갈아입었다. 대웅전 앞에서 조회를 하며 오늘의 간략한 일정을 참수리 고성학 선배가 방장님께 보고했다. 조회를 마치고 대웅전 뒤쪽에 있는 정신 훈련장으로 이동했다. 정신 훈련장 내부에는 반호를 그리며 개인전용 훈련 큐브들이 배열되어 있었다. 나는 끝쪽에 있는 7번 큐브로 안내됐다. 큐브 내부는 모두 검은색으로 마감되어 있었다. 벽체 하단에서 은은히 나오는 간접등 불빛이 유일한 조명이었다. 바닥의 중앙에는 흰색으로 원이 그려져 있었다. 출입구 맞은편에는 통유리창이 나 있었는데 산 밑으로 흐르는 계곡이 시원하게 내다보였다. 잠시 두리번거리는 사이에 방장님이 들어오셨다.

"가운데 그려진 원형 안에 들어가 정좌해라."

"네." 나는 원에 들어가서 편한 양반다리를 하고 앉았는데 방장님이 밑에 깔린 오른쪽 발을 옮겨서 왼쪽 종아리 위로 올라오게 하셨다. 손은 엄지끼리 맞대고 다른 네 손가락을 서로 겹쳐서 원형을 이루게 한 다음에 단전 앞으로 가볍게 갖다 대게 하셨다. 허리는 바른 자세로 세우고 턱은 가슴 쪽으로 당겼다.

"이제 눈을 감고 입을 살짝 벌려라."

"네."

"이제부터 대답은 하지 말고 내 말에 따라서 호흡을 운용한다."

"…"

"코로 숨을 들이쉴 때는 배가 앞쪽으로 나오며, 입으로 숨을 내쉴 때는 배가 등 쪽으로 들어가면서 단전에 힘을 응집시킨다. 될 수 있는 한 호흡을 길게 가져가야 하며 억지로 끝까지 들이마시고 내쉴 필요는 없다. 들이쉬는 공기의 흐름은 코에서 머리를 거친 후에 가슴을 통과하여 단전에 이르게 한다. 내쉴 때는 단전에 힘을 응집시키며 들어가는 배에서 자연스럽게 입으로 빠져나오게 한다. 모든 잡생각을 버리고 편안한 호흡에만 집중해라."

"…" 나는 호흡에 집중했고 명상에 빠져들었다. 흐르는 계곡 물소리가 어수선한 머리와 마음을 깨끗이 쓸어 내려가고 있었다. 정신은 나로부터 멀어져 가고 있었다.

"너는 현재 어디에 있느냐?"

"모르겠습니다. 우주… 아니면 무한한 공간 속에 떠 있는 것 같습니다."

"그래. 잘하고 있다. 네가 바로 소우주다. 이제부터는 호흡을 들이쉴 때 우주의 힘을 끌어와 단전에 축적하고, 축적된 힘은 숨을 내쉴 때 전신의 세포와 근육으로 보내야 한다. 처음에는 아무런 기운도 느끼지 못할 테지만 호흡과 수련을 거듭할수록 너는 점차 거대한 대우주로 동화되는 것이다. 이것이 우리가 정진하는 무원류의 본 호흡이며, 우주의 힘을 기원력이라고 부른다."

"…." 방장님의 말씀을 듣고서 나는 우주의 힘에 집중했다. 온화하면서 절대적인 무언가가 느껴지기는 했지만 그것이 내게 운용되는지는 알 수 없었다. 나는 조급해하지 않고 평온한 마음을 유지하면서 수련을 정진해 가기로 했다.

06시. 아침 식사 및 휴식

메뉴 : 소고기 버섯죽, 보쌈수육, 여러 밑반찬, 샐러드 및 과일

07시. 부상 치유 및 스트레칭

올빼미 전도진 선배는 아침 식사 이후부터 각개 전투 훈련까지 훈련에서 열외 되어 개인 연구실에서 독립적으로 전투 장비 및 프로그램 개발에 힘쓴다고 했다. 나머지 대원들은 정신 훈련장과 숙소

사이에 있는 치유관으로 왔다. 밤사이에 자연치유가 되지 않은 몸을 여기에서 치유하거나 몸을 풀어준다고 했다. 긴급한 수술을 요하는 응급상황이 아닌 경우에는 자연치유를 통한 신체단련이 기본 원칙이라고 했다. 응급상황에서는 상황 발생 10분 이내에 닥터헬기가 와서 부상자 치료를 해준다고 했다. 치유관의 옥상에는 헬리포트가 있었고, 3층에는 전문담당의실, 간호요원실, 2층에는 수술실과 입원실, 1층에는 치유실이 있었다. 외부에서 오시는 전문담당의가 엄청난 미모를 겸비한 여자 의사인데 대원의 부상이 심한 경우에는 이곳에서 머물다 가는 경우가 종종 있다고 했다. 그런 이유로 어떤 대원들은 부상을 나쁘지만은 않게 생각한다고 했다. 1층 치유실에는 훈증요법과 냉기요법, 안마요법이 주요 치유방법이라고 했다. 냉기요법이 효과는 제일 좋지만 동태가 되는 수준의 냉기를 참아야 하기 때문에 가능하면 훈증요법과 안마요법을 선호한다고 했다. 탈의실에서 찜질복과 비슷한 반팔과 반바지로 환복했다. 냉기 치료기는 길게 세워져 있는 캡슐 형태로서 문을 열고 들어가서 입식으로 받는 기기였다. 훈증 치료기의 외형도 캡슐 형태였지만 내부에는 걸터앉을 수 있는 의자가 있었다. 각각의 치료기에서는 고유의 치료약제가 증기 형태로 공급되어 부상을 치료해 준다고 했다. 나는 안마요법을 받기로 했다. 누울 수 있는 안마기의 바닥은 사람 모양으로 움푹 들어가 있었다. 나는 그 움푹 들어간 곳에 내 몸을 대충 맞추어 누웠다. 잠시 후 움직일 것 같지 않던 바닥이 내 몸에 맞게 쫙 조여왔고, 마사지하듯 나의 몸을 주무르기 시작했다. 기분 좋은 리듬 감에 한참 빠져 있을 때쯤 10초 후 눈을 감으라는 기계음성과 함께 카운트다운 신호가 들려왔다. 나는 무슨 일인가 싶어서 이제껏 감 고 있던 눈을 잽싸게 떠보니 천장에서 수천 개의 바늘 형태의 침들 이 내 쪽으로 내려오고 있었다. 다행히도 끝이 그리 날카롭게 보이 지는 않았다. 나는 침들이 다가오기 직전에 눈을 감았다. 잠시 후 염 증과 기타 상처들이 있는 부분을 기계가 영상판독 진단해서 치료한 다는 음성이 나왔다. 도대체 어떤 방법으로 치료한다는 것인지 살 짝 겁이 났다. 어떤 바늘은 미세한 전류를 흘려보내는 것 같았고, 어 떤 바늘은 지그시 누르는 지압을, 어떤 바늘은 톡톡톡 경락을 가했 다. 가끔은 진짜 침을 놓는 것인지 따끔하게 살을 파고드는 통증이 느껴졌다. 얼굴을 포함한 전신을 치료 중이어서 눈을 감히 뜰 수가 없었다. 아플 정도의 통증은 없었지만 등에서 식은땀이 흘렀다. 30 분 정도 지났을까? 치료가 종료되었다는 음성과 함께 10초 후 눈을 뜨라는 음성이 나왔다. 1시간 같은 30분이었지만 다음에는 편하게 받을 수 있을 것 같았다.

09시. 체력 단련

체력 단련장은 어제 청소하러 와봤기 때문에 익숙함이 느껴졌다. 운동은 자연스러운 분위기 속에서 진행됐고, 경쾌한 분위기의 음악도 흘러나오고 있었다. 누군가 최고중량의 무게로 기구를 사용할 때면 다른 사람이 옆에서 도와주곤 했다. 내가 봤을 때는 도저히 사람이 들 수 있는 무게가 아닌 것들로 운동을 하고 있었다.

"이봐 신입이! 거기 멀뚱히 서 있지 말고 이리 와봐." 정연수 선배가 나를 벤치프레스 기구 옆으로 불렀다.

"네. 선배님."

"몇 kg이나 들 수 있겠어?"

"아. 저… 평소에 이런 걸 잘 안 해봐서요."

"뭐라고? 아! 이거 최고 에이스가 온다는 소문이 파다해서 내심 기대하고 있었는데 실망인걸."

"죄송합니다."

"죄송할 건 없고. 그럼 50kg으로 한번 해봐." 말을 마친 선배는 덤벨의 중량을 50kg으로 맞춰 주었다.

"네." 50kg 정도는 충분히 들 수 있을 것 같았다. 나는 벤치에 누워서 봉을 잡고 힘껏 들어 올리긴 했지만 무게를 버티지 못하고 가슴 쪽으로 봉을 내려트렸다. 숨이 막혀서 죽을 것 같은 순간에 정연수 선배가 봉을 들어 올려서 제자리에 거치시켜 주었다. 나는 죽다 살은 기분으로 숨을 컥컥거렸다.

"이건 사실 100kg이야. 여기에 모든 무게는 절반으로 기입되어 있어. 네가 못 들어 올린 것은 진짜 힘이 없어서 일 수도 있지만 미리 상대를 얕봤다가 허를 찔린 걸 수도 있어. 이건 앞으로 모든 전투에서 잊지 말아야 할 사항이니까 잘 기억해 두도록.”

“네. 알겠습니다. 선배님.”

“그리고 한 가지 팁을 더 알려주자면, 앞으로 네 몸에 축적된 기원력의 40%만 사용하면서 근력을 계속 키워야 최대한의 효과를 볼 수 있을 거야.”

“네. 감사합니다. 선배님.”

11시. 점심 식사 및 휴식

메뉴 : 설렁탕, 제육볶음, 삶은 달걀 2개, 고구마 1개, 여러 밑반찬, 샐러드 및 과일

12시. 각개 전투

점심 식사 후 정신 훈련장의 오른쪽에 위치한 각개 전투장에 집합했다. 대원들은 둘씩 짝을 이루어 서로 마주 보았다. 나는 방장님과 마주하고 있었다.

“전투 준비.”

“준비.” 고성학 선배의 전투 준비 지시에 대원들이 ‘준비.’라는 말을 복창했다.

“개시.”

"얍." 대원들이 일제히 기합을 지르며 실전 대련을 했다. 앞에 계신 방장님은 나를 훈련시키기 전에 한 말씀 하셨다.

"무원류 격투의 본에는 정해진 규칙이 없다. 모든 활용 가능한 신체 및 도구를 사용하여 적을 멸한다. 각개 전투 1부에서는 맨손 격투를 시행하고 2부에서는 병기가 허용된 전투 대련을 하고 있다. 당분간 너는 1부에서 나의 지도를 받고, 각개 전투 2부와 협동 전투에서는 대원들의 훈련을 참관하면서 눈으로 전투를 익히도록 한다."

"네. 방장님."

"나는 너의 수준에 맞는 공격을 가할 것이다. 비슷한 형태를 기본으로 조금씩 변형되는 공격을 할 테니 너는 스스로 방어하는 법을 깨우치고 나의 공격법을 학습하여야 한다. 그리고 내게 빈틈이 보인다면 눈치 보지 말고 즉시 반격에 임해야 한다. 타격기, 유술, 관절기 등 다양한 형태의 공격을 상황의 흐름에 따라 시전할 것이다. 매 순간에 최선을 다해야 한다. 그렇지 않으면 모의 전투라도 자칫 목숨을 잃을 수 있으니 정신을 바짝 차리도록."

"네. 알겠습니다."

방장님은 말이 끝나기 무섭게 오른손으로 주먹 공격을 내게 가했다. 나는 본능적으로 뒤로 한 발짝 급히 피했지만 방장님은 순식간에 거리를 좁혀서 다른 손으로 나의 가슴을 가격했다. 숨이 콱 막혔다.

"타격을 받거나 막는 행위에도 기원력을 집중시킬 것."

"네…." 나는 가슴의 통증 때문에 대답도 겨우 할 수 있었다. 방장님은 이어서 같은 형태의 공격을 다시 해왔다. 좀 전에 방장님은 순식간에 나의 위치로 거리를 좁히면서 공격했기 때문에 나는 두 걸음에 해당하는 거리를 후퇴했다. 그리고 첫 번째 공격하는 손과 다른 손의 공격을 잘 막아냈다. 이후 방장님은 거리를 좁히면서 들어왔던 앞발을 땅에 딛고 뒤쪽 발을 돌려차기로 내 옆구리에 꽂아 넣었다.

"억…."

"상대가 쓰러질 때까지 공격과 방어의 흐름이 끊기지 않도록 극한의 상태로 전투에 임한다. 지금의 상대에게 진다면 다음 상대는 볼 수도 없을 것이다."

"네…."

"또한, 공격과 방어 중에라도 상대의 빈틈을 항상 찾을 수 있도록 동체 시력의 평정심을 잃어서는 절대 안 된다."

"네…."

나는 각개 전투 1부 훈련 내내 방장님의 공격을 막는 것에 급급했다. 중간에 몇 번의 반격할 틈을 찾아내서 시도해 봤지만 방장님의 방어 기술에 전부 막혔다. 거대한 무쇠 장벽과 마주하는 것 같았다. 잠깐의 휴식 시간을 보내고 2부 훈련이 시작되었다. 2부 훈련부터는 참관만을 했다. 훈련에 참여됐다 해도 나는 온몸의 통증 때문에 거의 움직일 수 없었을 것이다. 훈련 방식은 1부와 마찬가지로 둘씩 짝을 이루어 실전 대련을 하였고, 정해진 시간이 지나면 상대를 바꿔가면서 훈련했다. 대원들은 각기 장검이나 단검, 투척 가능한 무기들을 자유자재로 사용하며 대련했다. 힘과 빠르기가 얼마나 대단한지 신발과 바닥재의 마찰로 인해 바닥에서 연기가 피어오르기도 했다. 2부 훈련 시간의 중간이 넘어갈 때쯤 방장님은 단검 하나를 들고서 순서가 돌아오는 대원을 차례대로 상대하며 지도해 주셨다. 모든 대원들이 열 번의 공수 합을 넘기지 못하고 패했다.

14시. 협동 전투

각개 전투장의 간단한 정리를 마치고, 대원들은 얼마간의 휴식 시간을 보낸 뒤 협동 전투장에 모였다. 협동 전투장은 각개 전투장의 아래쪽이면서, 대웅전의 오른편에 위치하고 있는 규모가 제일 큰 훈련장이었다. 나는 방장님과 올빼미 전도진 선배와 함께 훈련장이 내려다보이는 높은 위치의 상황실에 있었다. 훈련장 내부는 미로 같은 구조였는데, 안에서는 밖이 보이지 않는 구조라고 했다. 훈련장의 대원들과 상황실의 우리들은 무선 통신 장비로 의사소통을 했다. 미로 안에는 통상 120군데 정도의 부비트랩과 함정, 훈련 로봇 등의 공격 장치가 설치되며, 인공지능 프로그램에 의해서 위치와 구조가 매번 바뀐다고 했다. 훈련에 사용되는 탄은 실탄처럼 살상력은 없지만 실탄의 절반 정도 충격은 가해진다고 했다. 현재까지 제일 좋은 성적은 미로의 70% 구간 진입이 최고 성적이라고 했고, 연말까지 100% 완료할 것을 목표로 한다고 했다.

"정찰기 띄우겠습니다." 전도진 선배가 말했다. 드론 정찰기는 훈련장 상부에 떠서 미로 내부에 존재하는 대상을 감지하여 대원들에게 송출하는 역할을 했다.

"진입." 고성학 선배의 차분한 음성과 함께 대원들이 차례로 훈련장 내부로 진입했다. 선두의 고성학 선배 뒤로 엄길수, 엄길호 선배가 좌·우측에 포진했고, 정연수 선배가 긴 라이플 저격총을 들고 뒤따랐다. 맨 뒤에는 도미닉 선배가 있었다. 대원들은 앞에 나타나는 로봇들을 능숙히 제압하며 진격해 나갔다. 미로의 중간 정도에서 대원들이 멈췄다.

"전방에 폐쇄문. 상황실 암호해독 바람." 고성학 선배가 문 잠금장치에 암호해독 키트를 붙이며 말했다.

"확인." 전도진 선배가 암호를 해독하는 데 있어서 평소와 같지 않아서인지 약간 당황하는 기색이 보였다.

"어… 이거 암호가 세 겹으로 잠겨 있습니다. 시간이 좀 걸릴 것 같습니다."

"알았다. 대원들 긴장 늦추지 말고 사주경계."

"네." 고성학 선배의 말에 대원들이 일제히 대답했다. 막힌 문 앞에는 세 갈래의 통로가 있었다. 좌측 통로는 지나왔던 길이고, 가운데와 우측 통로는 처음 나타난 통로였다. 그런데 지나왔던 좌측 통로에서 갑자기 지네 같이 생긴 거대한 기계가 나타나서 대원들 쪽으로 가고 있었다. 정찰기에서 감지했는지 대원들의 손목장비에서도 신호가 잡히는 것 같았다.

"좌측 통로에 적 출현. 적색 신호로 보아 이제껏 보지 못한 대장급 기계 같다. 모두 정신 바짝 차리자."

"팀장님! 뒤쪽과 우측 통로에서도 적들이 대거 몰려오고 있습니다." 대원들이 당황하기 시작했다.

"한쪽이라도 뚫려서 암호해독 키트가 파손되면 모든 게 끝이다. 세 방향을 동시에 저지해야 한다. 공육과 공칠은 뒤쪽 통로 진입하고, 베어와 오리는 우측 통로 진입해서 선제공격한다. 나는 좌측으로 가서 대장기계를 상대하고 있을 테니 어느 쪽이든 통로가 정리되는 대로 내 쪽으로 와서 합류하도록."

"팀장님…."

"시간이 없다. 한시라도 우리가 먼저 가서 선제공격하는 것이 유리하다. 자! 진입 실시."

"네. 팀장님. 우리가 빨리 처치하고 합류하겠습니다."

대원들은 세 갈래의 통로로 흩어졌다. 미로 전체에 남아 있는 모든 로봇이 모이는 것 같다고 전도진 선배가 말했다. 고성학 선배 쪽의 대장기계는 길이 10미터 이상은 돼 보이는 거대한 크기였다. 전속력으로 질주한 고성학 선배는 대장기계가 보이자 수류탄 2개를 바닥으로 굴려서 투척했다. 지네 기계는 폭발에 의해서 몸체가 한번 들썩였지만 큰 충격이 없는 듯 다시 진격해 왔다. 크기가 커서 그런지 이동하는 속도는 그리 빠르지 않았다. 전진하던 지네 기계는 고성학 선배를 잠시 응시한 뒤에 머리 양옆을 열어서 기관총을 꺼내더니 고성학 선배를 향해 난사했다. 고성학 선배는 등에 멘 장비 케이스에 부착된 방패를 떼어 내어 총알을 막으면서 대응사격 했다. 화약 연기가 자욱한 가운데 고성학 선배는 뒤로 밀리고 있었다. 탄약은 어느새 바닥났고 남아 있는 수류탄을 투척하며 저지시키려 했지만 별다른 소용이 없었다. 방패의 내구도도 한계점에 다다른 듯했다. 쉴 새 없이 퍼붓던 지네의 기관총에서 갑자기 '쉬리릭' 하며 빈 탄창 돌아가는 소리가 들렸다. 지네 기계도 탄약이 떨어졌다. 암호를 해독하고 있는 문까지의 거리가 얼마 남지 않은 상황이었다. 암호해독과 동시에 지네 기계를 해킹하면서 현장 상황을 지켜보고 있던 전도진 선배가 무언가 생각 난 듯 말했다.

"팀장님! 백케이스 오른쪽에 담뱃갑 같은 것이 달려 있을 거예요. 그걸 뜯어서 양쪽으로 잡아당기면 던질 수 있는 전자 올가미가 되거든요. 아직 시험단계라 말씀 못 드렸는데 한 번 사용해 보세요."

"어. 고마워. 해볼게." 고성학 선배는 들은 대로 올가미를 만들어서 지네 기계에게 힘껏 던졌다. 회전하며 날아간 올가미는 지네 기계의 몸통 앞부분에 있는 다리들을 묶어버렸다. 묶여버린 다리로 인해서 더 이상 전진할 수 없던 지네 기계가 몸체를 세우는 바람에 머리가 훈련장 천장을 박살 내며 위로 뚫고 올라왔다. 지네 기계는 몸을 세운 채로 배에 걸리는 천장을 으스러트리며 앞으로 전진했다. 지네 기계의 다리는 하나하나가 칼처럼 된 무기였다. 고성학 선배도 백케이스에서 장검을 꺼내어 지네 기계의 수십 개 다리를 상대했다. 칼끼리 부딪치는 쇳소리가 상황실까지 캉캉 울려 퍼졌다. 다른 대원들도 각자의 통로에서 고전을 면치 못하고 있었다. 암호를 해독하는 문까지 거리가 얼마 남지 않았다. 이대로라면 이번 훈련은 여기서 실패할 것 같았다.

"올빼미! 해독하려면 아직 멀었나?"

"아… 지금 두 겹까지 풀었습니다. 3분 정도 더 걸릴 듯합니다."

"그 시간까지 버티기 힘들 거 같은데…"

"팀장님! 지금 지네 기계 해킹이 됐습니다. 혹시 대가리 밑 부분에 빛나는 껍질이 보입니까?"

"어. 보여. 파랗게 반짝이는데."

"거기를 부수세요. 그럼 작동을 멈출 겁니다."

"그래. 알았어. 하지만 이놈이 머리를 너무 높게 세우고 있어서 쉽지는 않겠지만 해봐야지." 고성학 선배는 잠시 고심하는 듯했지만 힘껏 돌진하여 지네 기계 앞에서 뛰어올랐다. 칼 같은 다리들의 공격을 방어하며 머리 부분까지 다다랐을 때 갑자기 지네 기계의 다리를 묶고 있던 올가미의 줄이 끊어졌다. 풀린 앞 다리 중의 2개가 고성학 선배의 복부와 팔을 찔러서 관통했고, 또 다른 다리 하나가 고성학 선배의 목을 향해서 날아가고 있었다.

"훈련 중지!" 방장님의 사자후 같은 목소리가 울리자 훈련장 내의 모든 기계들이 즉각 동작을 멈추었다.

"김수혁 대리! 닥터헬기 부르고, 대원들은 즉시 치유관 수술실로 참수리를 호송하도록!"

수술 시작 후 4시간 경과. 방장님을 포함한 모두가 수술실 옆에 있는 대기실에서 기다리고 있었다. 침묵으로 분위기가 가라앉았다. 누구도 어떤 말을 꺼내지 않았다. 얼마간의 시간이 더 흐른 후 침묵의 정적을 깨는 수술실 문이 열리는 소리가 났다. 우리는 일제히 수술실 앞으로 갔다.

"수술은 잘 끝났습니다. 간호요원 두 명이 환자를 무균치료실로 이송하고 있습니다. 회복 기간은 장담할 수 없지만, 요양과 재활을 잘 하면 정상으로 곧 돌아올 수 있을 겁니다." 수술을 마치고 나온 하지현 의료부장님이 말했다. 긴 머리카락을 뒤쪽으로 모아서 묶었고, 검은 뿔테안경을 쓰고 있었다. 차갑게 보이면서도 지적인 차분함이 보이는 풍모였다.

"고생하셨습니다. 감사합니다." 방장님이 말했다.

"안정이 될 때까지는 면회가 안 되니, 걱정하지 마시고 돌아가시면 될 것 같습니다. 저도 당분간 머물면서 경과를 지켜보겠습니다."

"네. 알겠습니다. 그럼 잘 부탁드리겠습니다."

"네."

"자! 다들 돌아가자."

"네. 방장님."

21시. 저녁 식사

메뉴 : 탕수육, 깐쇼새우, 양장피, 짬뽕, 꽃빵, 흰쌀밥, 샐러드 및 과일

일정보다 4시간이 늦은 저녁 식사였다. 식당의 식탁은 4인용 식탁이 옆에 붙여져서 기존보다 길게 차려져 있었다. 방장님은 원래 식사를 따로 하시는데 오늘은 같이 합석하셨다. 하지현 부장님과 여자 간호요원 두 명도 함께했다.

"오늘 다들 고생 많으셨습니다. 고성학 대원도 별다른 이상이 없다고 하니 다행입니다. 식사 시간이 많이 늦었는데 천천히 드시길 바랍니다." 방장님이 평소보다 낮게 깔린 중후한 음성으로 말씀하셨다. 대원들은 웃음이 담긴 무언의 눈빛을 잠시 교환하고는 "네. 잘 먹겠습니다." 하고 식사를 시작했다. 엄길수, 엄길호 선배는 간호요원 두 명에게 연신 바깥 얘기를 물어보면서 식사했다. 나는 고성학 선배가 다칠 때의 모습이 계속 떠올라서 식사를 제대로 할 수가 없었다. 다른 사람들은 아무렇지도 않게 행동하는 걸 보니 정말 걱정

할 필요는 없는 것 같았다. 아니면 나와 같은 심정에도 불구하고 애써 태연한 척하는 것인지 몰랐다. 그러고 보니 전도진 선배의 표정이 평소보다 약간 어두워 보였다. 이제껏 대장기계는 처음 등장한 것이고, 미로의 형태나 모든 것이 몇 단계나 강화된 구조였다고 했다. 나는 마음이 좀처럼 진정되지 않았다. 자꾸 떠오르는 장면에서 나를 그 상황에 대입까지 하다 보니 충격은 두려움으로 변해가고 있었다.

"입맛이 없어도 먹어라. 그래야 몸이 버틴다." 도미닉 선배가 식사를 잘하지 못하고 있는 내게 말했다.

"아. 아닙니다. 이제 막 먹으려고 했습니다."

"배고팠을 텐데 많이들 드세요. 모자라거나 다른 드시고 싶은 거 있으면 말씀하시고요." 홍석우 차장님이 주방에서 얼굴을 내밀며 웃는 표정으로 말씀하셨다.

"차장님! 그럼 짜장면 되나요?" 엄길호 선배가 물었다.

"되지요. 짜장면 누가 또 드실 건가요?"

"저요." 엄길수 선배가 대답했다.

"알겠습니다. 그럼 2인분 대령하겠습니다. 잠시만 기다려 주세요."

"네. 감사합니다. 차장님."

식사를 마치고 각자의 숙소로 돌아갔다. 내일은 일요일이라서 훈런이 없다. 오늘 밤 취침 시간과 내일 아침의 기상 시간도 개인이 알아서 하는 완전한 자유일이라고 했다. 나는 머리를 식힐 겸 산책을 하려고 숙소 아래쪽으로 나 있는 오솔길로 가고 있었다.

"백조!"

"아! 네. 방장님."

"피곤할 텐데. 일찍 자지 않고 어디 가시나?"

"네. 잠깐 산책 좀 하려고요."

"잘됐네. 나도 산책하려고 했는데. 같이 좀 걸을까?"

"네."

조용한 숲길이었다. 소쩍새가 간간이 우는 소리와 흙길을 걷는 발자국 소리만 사박사박 들렸다. 방장님 옆에서 걷고 있으니까 왠지 마음이 안정되면서 차분하게 가라앉고 있었다. 절대 강자의 힘이 주변을 편하게 지켜주며 안식시켜 주는 느낌이었다. 스쳐 지나가는 풀들도 부드럽게 안도의 인사를 하는 것 같았다. 분명히 옆에서 걷고 있었지만 어릴 적에 가끔 업어주시던 아빠의 든든한 등에 업혀 있는 것 같았다. 내 마음은 언제 불안했냐는 듯이 걱정 없는 아이처럼 평온해졌다.

"방장님. 뭐 하나 여쭤봐도 될까요?"

"어. 그래. 물어보거라."

"아. 저… 그게. 다른 사람들은 다 별칭이 있는데 엄길수, 엄길호 선배는 왜 별칭 없이 코드 번호를 부르는 건가요?"

"아⋯. 하하하! 그건 말이지. 별칭은 인사과에서 한 번 정해져 내려오면 절대 바꿀 수 없거든. 길수, 길호가 부여받은 별칭이 쭈꾸미, 가오리였어. 그 먹성 좋은 애들이 식음을 전폐하며 별칭을 바꿔 달라고 울며불며 탄원을 계속 냈지만 인사과에서는 받아들이지 않았지. 여차저차해서 결국 최종 타협을 본 것이 극히 예외적으로 그냥 코드명을 부르기로 된 거야."

"하하하. 그렇게 된 거였군요."

"그게 벌써 작년 이맘때군. 세월이 참 빨라." 방장님은 잠시 하늘을 올려다보셨다.

"달이 참 밝구나⋯ 달도 밝은데 우리 내려가서 막걸리나 한잔하고 올까?"

"저도요? 제가 외출해도 되는 건가요?"

"그건 우리 둘만의 비밀로 해두지."

"네. 그럼 알겠습니다."

우리는 산 밑에 있는 느티나무가 있는 가게로 갔다. 방장님은 내게 평상에 앉아 있으라고 하고 가게로 들어가셨다. 잠시 후 막걸리 두 병과 안줏거리를 사서 나오셨다. 가게 아저씨는 지난번에 들렀던 나를 알아보셨는지, 아니면 방장님이 다른 사람과 같이 온 것이 신기한 것인지, 유리문 밖으로 우리 쪽을 이리저리 쳐다보았다. 나는 눈이 마주친 가게 아저씨에게 고개 숙여 인사했고 가게 아저씨도 맞받아 인사해 주었다. 방장님과 나는 나란히 평상에 걸터앉았다. 나는 방장님이 사 오신 안줏거리들을 풀어놓았고, 방장님은 큰 종이컵에 막걸리를 한 잔씩 따랐다.

"술은 마실 줄 알지?"

"네. 한데 많이 마시지는 못합니다."

"그래. 술은 적당히 즐길 줄 아는 것이 잘 마시는 것이지. 자! 건배!" 방장님은 술잔을 살짝 들어 올리셨고 나는 두 손으로 잔을 잡고 건배했다.

"캬… 시원하구만." 벌컥벌컥 한 잔을 다 마신 방장님이 잔을 내려놓으며 말씀하셨고, 나도 잔을 비우고 내려놨다. 방장님은 곧바로 빈 잔을 채우셨고, 연이어 두세 번의 건배가 계속 이어졌다.

"햐… 좋은 밤이구나. 월광 아래 흘러가는 구름과 흑빛 장막에 펼쳐있는 반짝이는 별들이라니…." 방장님은 하늘을 올려다보시며 한동안 말씀이 없으셨다.

"이든 님은 잘 계시든가?" 방장님도 이든 님을 알고 계시다는 말에 나는 잠깐 당황했다.

"아. 네. 잘 계시는 것 같았습니다. 하루 정도 있다 와서 오래 뵙지는 못했습니다."

"음… 그래. 많이 바쁘시겠지."

"…."

"그곳에서 잘 결정했을 테지만 자네는 어떤 생각으로 이곳에 오게 됐나?"

나는 취기가 오르고 있었고, 선뜻 대답하기 어려운 질문이었다. 나는 그냥 자연스럽게 마음에서 나오는 말을 편하게 말씀드리기로 했다.

"저는 제가 사랑하는 가족과 보송이… 아! 보송이는 제가 키우던 고양이입니다. 그리고 마리 박사님하고… 또… 그냥 우리 모든 사람들이 행복하고 평화롭게 살기를 원해서입니다. 지금처럼요…."

"그래. 최소한 지금처럼만 산다면야 우리의 존재가 필요하지도 않겠지. 그러나 우리는 이제 곧 마지막 대전을 치러야 한다. 이 싸움은 과연 무엇을 위한 것일까! 우리를 있게 한 자들을 위해서? 자네 말처럼 우리가 사랑하는 사람들을 지키기 위해서? 둘 다 일 수 있지. 하지만 나는 다른 이유에서 이 싸움을 준비한다네. 모든 싸움의 원인은 탐욕이란 놈이 심어놓은 씨앗 때문이지. 인간의 탐욕이 없어지지 않는 한 세상에서 싸움은 계속될 것이야. 나는 그 탐욕에 눈이 멀어버린 자로 인해서 모든 것을 잃었네. 그래서 그 탐욕을 이겨서 완전히 없애고 싶은 거야. 끝장을 보기 위해서는 양쪽 모두 총력을 쏟아내야 한다네. 그런 최후의 전쟁으로 말미암아 어느 한쪽이 사라지게 되겠지. 난 그 전쟁을 이기고 싶은 거라네." 방장님은 막걸리를 한 잔 더 들이켜시고는 어떤 동료애의 의미를 전하려는 듯 내 어깨를 살며시 툭툭 쳐주셨다.

"아…프…." 난 낮에 있었던 훈련에서 받은 타격으로 어깨에 통증이 있던 참이었다.

"미안. 내가 아픈 곳을 건드렸나 보네. 오늘 잠들기 전에 누운 상태에서라도 본 호흡법으로 자연치유를 돕도록 하고, 내일은 시간이 많을 테니 치유관에서 냉기요법으로 치료를 받도록 해. 상처가 회복되는 만큼 자네가 강해지는 것을 느낄 수 있을 거야. 오늘 보니 운동 신경이 아주 좋더구나."

"냉기요법은 다들 안 하려고 하던데요… 괜찮을까요?"

"코가 석 자면 다들 어쩔 수 없이 하게 되어 있단다. 요새 내가 훈련을 너무 약하게 했나 보구나. 이놈들 다음 주부터 어디 한번 두고 보자."

"아니에요 방장님! 제가 괜한 말을 해서… 안 들은 걸로 해주세요."

"하하하. 네 말 때문은 아니다. 오늘 협동 전투 훈련에서 많이 놀랐지?"

"네…."

"다른 대원들도 너와 마찬가지다."

"고성학 선배를 걱정했던 것 말고, 다른 선배님들은 괜찮아 보이시던데요?"

"아니다. 애써 감추고 싶었겠지만 두려움으로 표출되는 떨림은 숨길 수가 없지. 나조차도 알지 못했던 갑자기 나타난 대장기계와 강화된 시스템이 말하는 바는 시간이 얼마 남지 않았다는 것이야."

"벌써요? 저는 이제 시작하는 단계인데…."

"너무 걱정하지는 말아라. 정확한 때는 누구도 알지 못하는 것이니. 너는 그냥 하루하루 열심히 훈련하면 되는 거야. 한 가지 명심할 것은 오늘을 교훈으로 삼아야 한다는 것이다. 두려움을 이겨내야만 더 강해질 수 있는 것이다. 그렇지 않으면 넌 공포 앞에서 언제나 떨 수밖에 없을 것이야. 그 떨림은 맹수가 제일 좋아하는 희열이지. 떨거나 혹은 떨지 않아도 결과는 매한가지인데 무엇 때문에 두려워하느냐? 어떤 상황에서도 용기를 잃지 않고 담대해야 하느니라. 공포와 두려움은 네 머릿속과 마음 외에 어디에도 존재하지 않는다는 것을 네 몸에 새겨넣어라. 다음 주부터는 내가 공포의 대상이 될 것이며, 혹독하지만 올바른 스승이 되어서 나를 뛰어넘는 너희들이 꼭 되게 할 것이니 마음 단단히 먹어야 한다."

"알겠습니다. 방장님."

방장님과 나는 빛나는 별들과 함께 밤의 정취를 즐기며 술잔을 기울였다.

3년 후

AD 3400년. 유프라 7131년

지난 3년간 우리 대원들은 스스로를 이겨내며 각자의 한계치를 경신하고 있었다. 배가슈트를 착용한 협동 전투 능력은 지난 3년 전에 비해 다섯 단계가 상승된 최종 등급의 난이도를 완파했다. 우리의 능력이 성장하는 동안 세상은 급격한 변화를 겪고 있었다. 끊이지 않는 국가 간의 전쟁은 시간이 갈수록 강도와 규모가 커지고 있었다. 일부 국가에서는 핵무기 사용이 거론되는 지경에 이르렀다. 시민들의 생활은 안중에도 없이 모든 역량을 전쟁에 쏟아붓고 있었다. 코딱지 같은 국가의 이권을 위해서 국가의 시민들이 죽어나가고 있었다. 전쟁이 아니었다면 풍족하게 먹고도 남을 식량은 구경조차 하기 힘들어졌다. 현재 인구의 두 배가 된다 해도 모든 인구를 충분히 먹일 수 있을 만큼 생산 가능한 양질의 비옥한 토지는 포탄과 탄피 찌꺼기로 뒤덮이고 있었다.

피습

일요일 오후. 대원들은 자유 시간을 보내고 있었다. 휴게실에서 고성학 선배는 감미로운 음악의 피아노를 치고 있었고, 그 옆에서 정연수 선배가 기타로 합주를 했다. 가끔 음이 안 맞는다며 고성학 선배가 정연수 선배에게 핀잔을 줬다. 나는 쇼파에 앉아서 선배들의 합주를 듣는 것과 동시에 자막이 나오는 TV 영화를 보고 있었다. 전도진 선배는 어떤 RC 장난감을 가지고 나갈지 고민하고 있었다. 도미닉 선배는 근육을 더 키워야 한다며 체력 단련장에서 운동을 했다. 엄길수, 엄길호 선배는 쉬고 계신 홍석우 차장님을 졸라서 간식을 해 먹고 있었다. 여느 때와 같은 날이었다.

"공습경보! 공습경보! 공습경보!" 난데없는 사이렌 소리와 함께 공습경보 기계음이 방송됐다. 한 달에 한 번씩 피습에 대한 훈련을 하고 있었지만 지금은 휴일이었기 때문에 모두가 어리둥절하며 기계오작동일 것이라고 생각했다.

"실제상황입니다. 대원들은 모두 슈트와 실탄화기로 중무장하여 대웅전 앞으로 즉각 모이기 바랍니다." 스피커를 통해서 김수혁 대리님이 말했다. 대원들은 즉시 매뉴얼대로 행동하여 대웅전 앞에 모였고, 방장님과 김수혁 대리님도 이미 도착해 있었다. 적기로 보이는 헬기 수십 대가 이곳으로 날아오고 있었다. 각 건물의 옥상에 설치된 자동 대공포가 발사되었다. 헬기에서 적들이 개미 쏟아지듯 땅으로 강하했고, 헬기들은 이내 격추되었다. 홍석우 차장님도 통신 헬멧을 착용하고 숙소동 옥상에 설치된 저격포 앞에 위치했다.

"협동 전투장 미로 개방시키고, 훈련 로봇들 실제 전투 모드로 가동!" 방장님이 김수혁 대리에게 지시했다.

"네. 알겠습니다."

"대장기계는 세 대 있나?"

"네."

"모두 실전 배치하고, 정찰기와 모든 공격 드론 출격!"

"드론 출격!" 전도진 선배가 방장님의 명령을 복창했다.

"대원들 잘 듣도록. 마스터 '진'이 온 것이 느껴진다. 혹여 우리 방어가 무너진다고 판단되면 즉각 흩어져서 비상강령 2의 위치로 각자 피신한다. 그곳에서 대기하며 지부의 다음 명령을 기다리도록. 내가 황색 신호탄을 쏘아 올리면 즉각 해산한다."

"네. 방장님." 대원들이 일제히 대답했다.

마스터 진은 방장님의 사형으로서 방장님과 같이 마스터 자격을 부여받았다. 종사의 자리를 내려 받기 위해서 방장님과 경쟁하다가 방장님이 4대 종사로 내정되자 이에 앙심을 품고 3대 종사와 방장님의 여동생을 독살하고 이곳을 도망쳤다고 들은 바 있다. 그 사람이 지금 대군을 이끌고 쳐들어온 것이다. 생각지도 못했던 상황에서 실제 전투를 접하자 가슴이 요동치고 있었다. 수 없는 훈련을 해왔지만 '정말 훈련을 했었나?' 하는 의심이 들기까지 하며 다리에 힘이 풀리고 있었다.

"대원들! 두려워 말고 오직 자신의 몸에 새겨진 투혼만을 믿어라. 그것이 스스로를 지켜줄 것이다. 알겠나."

"네. 알겠습니다." 대원들이 일제히 대답했다.

식당 옥상에서 홍석우 차장님이 저격포를 쏘기 시작했고, 로봇들은 적들과 치열한 전투를 벌이고 있었다. 적들은 짙은 감청색 전투복을 입고 있었다. 무리 중에서 유일하게 검붉은 전투복을 입은 자가 눈에 띄었는데, 행동이 엄청나게 민첩하고 강력했다. 누가 봐도 저 사람이 마스터 진이라는 것을 알 수 있었다. 그 사람 주위에는 원거리 사격을 방어해 주는 인원들도 포진해 있었다.

"돌격!"

우리는 평소에 훈련하던 대열을 갖추어 진격했고, 방장님은 우리 좌측 편에서 협공하며 적들을 진압해 나갔다. 우리의 총탄에 적들이 쓰러지는 모습은 그냥 평소에 훈련하던 때와 같다는 생각이 들었다. 정말 죽은 것인가? 그냥 인형처럼 가만히 있는 것 아닌가? 나는 아직도 이 상황이 믿어지지가 않아서 바닥에 엎어져 있는 사람들을 유심히 보았다. 총상이 크게 보이지 않는 사람들은 그냥 누워 있는 것처럼 보였으나 간간이 보이는 얼굴의 절반 이상 날아간 사람들을 보니 이게 진짜 실제상황인 것이 자각되며 소름이 돋았다. 격전지의 중간 이상을 돌파했을 때 우리가 충분히 우세하다는 생각이 들었다. 우리는 아직 대장기계 한 대와 로봇들이 적의 수만큼은 남아 있었다.

"조도르!" 적진에서 외침이 있자 적의 배후에서 거대한 물체가 적진을 가르며 돌진해 왔다. 그것은 우리 대장기계를 순식간에 부숴 버렸다. 그리고서는 주변을 무참하게 짓밟으며 우리 로봇들을 박살 내고 있었다. 키는 3미터에 가깝게 거대했고, 사람인지 무엇인지 정체를 알 수 없었다. 몸에는 철갑옷을 둘렀으나 팔이 엄청 길어서 바닥에 닿을 정도였고, 투구 앞에 노출된 얼굴도 사람보다는 원숭이에 가까운 모습으로 아래턱의 송곳니 2개가 입술 밖으로 튀어나와 있었다. 방장님이 장검을 뽑아 들고 그것에게 달려갔다. 우리는 방장님 주위를 지원사격 하였고, 그것에게 틈이 보이는 대로 사격을 가했다. 그것은 기다란 팔을 이용하여 방장님에게 강력한 공격을 가했다. 방장님은 그것의 공격을 피하면서 장검으로 반격을 했으나 철갑옷에 검이 튕기고 있었다. 철갑옷은 무엇으로 만들었는지 우리의 총탄도 뚫지를 못하고 있었다. 방장님이 홀로 대응하는 사이에 우리들도 그것에게 가까이 접근했다.

"대원들! 이놈에게 화기는 소용이 없다. 근접 무기로 관절의 빈틈과 얼굴을 협공한다. 올빼미는 드론으로 우리 주위를 엄호하도록!"

"네."

우리는 괴물체를 둘러싸서 협공했다. 괴물체는 회오리바람을 일으키며 360도 모든 방향을 팔로 휘몰아 공격했다. 나는 상대적으로 움직임이 둔한 괴물체의 다리를 주시했다. 괴물체가 돌아서서 등이 보이는 순간 나는 괴물체의 밑쪽으로 급습해서 무릎관절을 장검으로 베었다. '된 건가!' 성공한 건지 어떻게 된 건지 감이 오지 않았다. 괴물체가 베인 발을 떼어 다음 곳으로 내디딜 때였다. 베인 무릎 아래의 발은 땅에 남아 붙어 있었고, 허벅지만 남아 있는 다리로 허공에 내딛는 바람에 중심을 잃고 바닥에 쓰러졌다. 그 틈에 도미닉 선배가 들고 있던 해머로 괴물체의 얼굴을 으스러트렸다. 괴물체와 싸우는 사이에 우리 쪽 병력은 대부분 소실되고 우리만 남아 있었다. 괴물체가 죽자 아군 적군 할 것 없이 모든 사람이 일순 동작을 멈췄다.

"진혁철! 이 괴물은 뭐고, 무슨 낯짝으로 이곳에 발을 들인 건가?" 방장님이 마스터 진을 향해서 일갈하셨다. 뒤쪽에 있던 진혁철이 무리를 가르고 앞쪽으로 나왔다. 진혁철의 풍채는 압도적으로 강한 기가 뿜어져 나오는 위풍당당한 모습이었다. 심지어 검붉은 전투복은 이글이글 타오르는 것처럼 보이기도 했다. 갸름한 얼굴이지만 강직해 보였고, 장발의 머리는 마치 수사자의 갈기 같았다.

"오랜만이다. 류승호. 결착자가 이곳에 있다는 정보를 듣고 우리가 모셔가려고 왔다네."

"뭣이!"

"뭘 놀라나? 그나저나 일은 일이고, 막상 이렇게 와보니 고향에

온 기분도 들고 반갑기는 하구나."

"여기는 네 고향도 아니고, 반갑다는 네 착각처럼 널 반겨주는 사람도 없다. 네놈이 나타날 줄 알아서인지 몸이 알아서 근질근질하던 참이었다. 네놈이 고향이라고 생각하는 곳에서 숨통이 끊어지는 것을 그나마 복으로 생각해라."

"역시 이런 반응이 나올 줄 짐작은 하고 있었다. 사부님과 네 여동생을 죽인 자가 아직도 나인 줄 아는 게지?"

"명백한 사실을 같잖은 궁색함으로 나불댈 생각 말아라."

"흠…" 진혁철은 무언가를 생각하고는 말을 이어갔다.

"얘기 나온 김에 양쪽 대원들도 좀 쉴 겸 내가 말해주지. 우리 단둘이었다면 더 좋았겠지만 말이야. 그럴 시간을 네가 줄 것 같지도 않고… 하지만 이 얘기를 듣는다면 너의 증오심은 주체 못 할 정도로 커질 것이고, 네 수치심과 이곳 사룡사의 명예는 땅으로 숨을 곳도 못 찾을 것이다. 괜찮겠나?"

"곧 죽을 사형수도 마지막 말은 들어준다고 했으니 짧게 말해봐라. 내 인내심의 한계가 차오르고 있다."

"투지는 여전하군. 우선 내가 이곳을 떠난 이유는 그 안타까운 죽음과 연관 없이 원래 떠나려고 했었다. 전적으로 지온의 계획과 내 신념이 달라서이지. 이 얘기는 네가 듣고 싶어 하는 것이 아닐 테니 그냥 넘어가기로 하겠다. 선하와 내가 사랑하는 사이라는 것은 알고 있었을 테지. 나는 선하에게 같이 떠나자고 했지만 선하는 쉽

114

게 결정을 내리지 못하고 있었다. 그러던 중에 그 사건이 벌어진 거다. 방장 영감탱이의 무도실력과 기원력이 역사 이래 최고 위치라는 것은 모두가 인정하는 사실이지만 심성을 제어하지 못하고 가끔 터지는 그의 성에 대한 문제는 다들 침묵했지. 오로지 힘을 키우며 후대를 양성하기 위한 침묵이었다. 방장을 죽인 것은 내가 맞다. 그 상황을 우연히 목격하고는 내가 뒤에서 그를 죽였지. 그 짓거리에 정신이 팔려 있는 방장이 아니었다면 내 실력으로 방장을 죽일 수 있었겠나? 어림도 없지. 나는 우선 방장의 사체를 근처에 숨겨놓고 선하를 데리고 떠날 생각이었다. 방장을 대웅전 뒤편 툇마루 밑에 숨겨놓고 돌아왔을 때 선하는 이미 스스로 생을 마감했다. 나는 망연자실 어찌할 바를 몰랐다. 넋 놓고 앉아 있는데 순찰조에게 발각되어 생각할 겨를도 없이 도망치듯 여길 떠난 거다. 이것이 진실이다. 못 믿겠거든 이든 영감한테 물어보거라."

"진혁철… 탐욕에 홀려 영혼까지 팔아버린 놈! 네 주둥이를 갈기갈기 찢어서 영원히 구천을 떠돌게 하겠다."

"거봐라. 내가 뭐라 했느냐! 네 증오심이 주체 안 될 것이라 했지? 난 선하를 마음에서 편하게 보내주었고, 선하의 영혼 또한 편해졌으리라 생각한다. 너도 이제 그만 놓아주어라. 너의 증오가 하늘에 닿는다 해도 이미 지나가 버린 진실은 바꾸지 못한다."

분노한 방장님의 몸이 근육으로 부풀어 오르고 있었다. 아마도 기원력을 최대치로 끌어올리시는 것 같았다. 방장님 주변의 흙들이 진동하여 비산하며 먼지 바람을 내고 있었다.

"끝장을 보려는 모양이군. 우리도 할 일을 해야 하니 대응을 해줘야겠지? 조도르!" 진혁철이 조도르를 외치자 뒤에 가려져 있던 아까와 같은 괴물체 두 마리가 포효하며 앞으로 나왔다. 좀 전에 한 놈도 어렵게 상대했는데 이런 상황이면 우리에게 승산이 전혀 없었다.

"대원들! 저기 쓰러진 괴물체의 철갑 샘플을 채취하여 지부에 전달하고 적과 내통한 자를 색출 요청해라. 그리고 지금 즉시 비상강령 2를 실시한다."

"방장님은 어쩌시려고 그러십니까? 같이 퇴각하셔야 합니다." 정연수 선배가 말했다.

"나는 오늘 나의 일을 마쳐야 한다. 그리고 저놈들의 계획을 성공하게 할 수도 없다. 그동안 잘 훈련해 주었다. 난 너희들을 믿는다. 백조를 잘 엄호하면서 퇴각하도록!"

"방장님…"

"명령을 즉각 이행한다. 어서!!" 방장님은 허리 뒤춤에 있던 황색 신호탄을 꺼내어 쏘아 올리셨다.

꼬맹이 친구

대원들은 각자 흩어져서 지정된 곳의 안전가옥에 머물렀다. 내가 있는 안전가옥은 한적한 주택가에 위치한 지하실이 있는 지상 2층 건물이다. 옆집과는 같은 모양의 구조로 붙어 있었으며 가운데 있는 계단을 공동으로 쓰게 되어 있었다. 대원들은 서로의 위치와 안부를 알지 못했지만, 그래도 사룡사를 다 같이 빠져나왔기 때문에 나와 비슷한 처지에 있겠거니 생각이 들었다. 방장님에 대해서는 살아 계신 여부조차 알 수 없었기 때문에 걱정되는 마음이 사라지지 않았다. 유일하게 가끔 연락이 오는 김수혁 대리님에게 물어보아도 어떠한 대답도 들을 수 없었다. 식료품과 생활용품은 1주일에 한 번 문 앞으로 배송되어 왔다. 특별히 필요한 것은 김수혁 대리님께 전달받은 번호로 문자메시지를 보내놓으면 어김없이 다음 주에는 배송이 되었다. 외부에서의 행동도 제한되어 반경 1km 이상은 벗어날 수 없었다. 이곳은 감옥이나 마찬가지였다. 체력 단련이나 호흡 수련은 지하실에 마련된 시설에서 하고 있다. 수련을 제외한 대부분의 시간은 멍청히 TV를 보든가 잠깐 밖에 나가서 산책을 하고 돌아오는 것이 전부다. 국가 간의 전쟁은 잠시 멎은 듯했으나 세상 돌아가는 분위기는 점점 흉흉해졌다. 북구 쪽에서 태동된 얼티마 템플럼이라는 UT컴퍼니가 다국적 기업을 넘어서 독립적인 국가를 형성해 나가고 있었다.

점심 식사 후 낮잠을 한숨 자고는 여느 때와 같이 산책을 나왔다. 바닥에는 우중충한 그늘이 드리워졌고 비가 금방 올 것 같은 하늘이었다. 이제는 해가 쨍하고 쾌청한 하늘은 기대도 하지 않는다. 비나 안 왔으면 하는 바람이다. 길에는 가로수 잎들이 떨어져서 수북이 깔렸다. 깔린 낙엽들은 엊그제 내린 비에 흠뻑 젖어서 바닥에 철석같이 달라붙어 있었다. 어딘가로 날려가기 싫은 모양이다. 저벅저벅 낙엽 밟는 소리를 들으며 동네 한 바퀴를 돌았다. 한 바퀴 더 돌아볼까 생각했지만 이내 귀찮아져서 그냥 집으로 들어가기로 했다.

집으로 올라가는 계단에 며칠 전부터 꼬맹이가 한 명 앉아 있었다. 지난달 새로 이사 온 옆집에 사는 여자애 같았다. 여섯 살 정도 되어 보였고, 머리는 바가지 머리를 해서 언뜻 보면 사내아이 같아 보였지만 여자애가 맞을 것이다. 꼬맹이는 현관 앞에 있는 제일 위쪽 계단에 앉아서 항상 같은 분홍색 사자 인형을 무릎에 놓고 만지 작거렸다. 자기네 집 쪽의 계단 한쪽에 앉아 있어서 나는 비어 있는 옆 공간을 이용해서 지나다녔다. 눈인사라도 할라치면 꼬맹이는 나와 눈을 안 마주치려고 인형과 더 열심히 노는 척을 했다.

이 길의 끝에서 모퉁이를 돌면 30미터 전방에 집이 있다. 오늘도 꼬맹이가 있을지 없을지 기대가 되기 시작했다. 길 끝에 다다른 나는 기대를 품고 모퉁이를 돌았다. 집이 보였고 역시나 계단에 꼬맹이가 앉아 있었다. 갑자기 웃음이 터져 나왔지만 곧바로 다시 무표정을 유지 했다. 멀리서 꼬맹이가 나를 발견했다. 꼬맹이도 즉시 인형 놀이에 몰입하는 척을 했다. 나는 오늘 꼬맹이에게 말을 한번 걸어보기로 했다. 나는 꼬맹이를 못 본 척하다가 계단 초입에서 힘든 척을 하며 털썩 주저앉았다.

"아이고 힘들다. 낙엽들이 젖어 있어서 걷는 게 참 힘이 드네." 나는 무릎을 주무르다가 고개를 슬쩍 돌려보니 꼬맹이가 나를 보고 있다가 잽싸게 고개를 반대편으로 돌렸다.

"아이고 다리야." 허벅지를 주무르고 있는데 산책할 때 먹으려고 바지 주머니에 넣어두었던 젤리가 손에 잡혔다. 나는 젤리 봉지를 꺼내서 뜯은 후 젤리 하나를 꺼내 먹었다.

"햐!! 이 젤리 정말 맛있네." 지금은 대공황에 가깝게 어려운 경제 상황이라서 모든 것의 가격이 천정부지로 뛰어올라 있었다. 더군다나 필수 식료품 외에 이런 젤리는 쉽게 구할 수도 없었다.

"아! 이 맛있는 젤리는 아꼈다가 집에 가서 먹어야겠다." 나는 젤리 봉지를 손으로 오므려 잡고 일어나서 뒤를 돌았다. 나는 이제야 꼬맹이를 본 것처럼 놀라는 척을 했다.

"어이쿠. 숙녀분이 앉아 계셨었네! 안녕하세요?" 꼬맹이는 나를 한 번 쳐다보고는 대꾸도 하지 않고 다시 인형 놀이를 하는 척했다.

"좀 지나가도 될까요?"

"…." 역시 반응이 없었다. 나는 꼬맹이 옆을 지나가면서 젤리 봉지를 실수인 것처럼 바닥에 떨어트렸다.

"엇! 젤리가 떨어졌네." 나는 젤리 봉지를 줍는 척하며 꼬맹이 옆에 슬그머니 앉았다. 꼬맹이가 당황하는 듯했다. 나는 젤리 봉지 입구를 벌려서 꼬맹이에게 먹어보라는 듯 권했다. 살며시 부는 바람에 젤리 향이 주위에 확 퍼졌다. 꼬맹이는 분홍색 사자 인형만 보면서 애써 외면하려 했다.

"괜찮아 먹어봐. 굉장히 맛있어." 꼬맹이는 애꿎은 사자의 털을 잡아당기다가 이내 못 이기는 척 젤리를 하나 집어서 입속에 넣었다.

"난 요기 옆집에 사는 현세정이라고 해. 넌 지난달에 여기로 이사 왔지?"

"…." 꼬맹이는 아무 말도 없었다. 새침한 표정을 하고 있을 때는 양쪽 볼에 보조개가 앙증맞게 들어갔다. 나는 젤리 봉지를 통째로 꼬맹이에게 건넸다.

"너 다 먹어. 난 집에 또 있어." 꼬맹이는 고민하다가 부끄러운 듯이 봉지를 받아 들고는 젤리 하나를 더 꺼내 먹었다.

"언니가… 옆집에 사는 아저씨랑 말하지 말라고 했어요… 콜록콜록." 꼬맹이가 작은 목소리로 말했다. 목소리를 들으니 여자애가 확실히 맞았다. 앞니 2개가 빠져 있어서 발음이 약간 샜다.

"언니가? 나랑 말하지 말라고? 아니 왜?"

"울 언니는 경찰인데… 아저씨 신원 확인이 잘 안 된대요… 수상한 사람이니까 절대 말하면 안 된다고 했어요… 콜록콜록."

우리 대원들의 신원은 지부에서 손을 써놔서 조회가 안 되는 것이 맞을 것이다. 꼬맹이는 감기에 걸렸는지 말하는 중간에도 마른기침을 했다.

"음… 아저씨 나쁜 사람 아니야. 그리고 내가 너보다 훨씬 오래전부터 여기 살고 있었잖아."

"…"

나는 애써 변명하는 것이 더 이상하게 생각됐다.

"그래. 언니 말 들어야 착한 동생이지. 그럼 우리 둘이 오늘 얘기 나눈 거는 비밀로 하자."

"네. 콜록콜록."

"난 이만 집으로 간다. 감기 더 심해지기 전에 너도 어서 집에 들어가. 엄마가 기다리시겠다." 나는 일어나서 현관문 앞으로 갔다. 재킷 안주머니에서 카드키를 꺼내서 현관문에 인식시켰다.

"엄마 안 계세요…." 현관문을 열고 들어가려는 순간 꼬맹이가 울먹이며 말했다. 나는 어떻게 할지 잠시 고민하다가 다시 뒤돌아서서 꼬맹이 옆에 조용히 앉았다. 꼬맹이의 수정 같은 눈물이 손에 들고 있던 젤리 봉지 안으로 똑똑 떨어졌다. 꼬맹이는 엄마하고 언니랑 셋이 살았는데 엄마는 작년에 돌아가셨다고 했다. 그래서 지금은 언니와 둘이 사는데 언니는 경찰 일 때문에 낮에는 집에 없다고 했다. 자신은 유치원 대기 인원이 많아서 유치원에 등록될 때까지는 어쩔 수 없이 혼자 있어야 된다고 했다. 나는 군인이었는데 지금은 제대해서 집에서 쉬는 중이라고 얘기했다.

"날이 춥다. 이제 집에 들어가자."

"네…" 우리는 각자 집 앞의 현관문으로 갔다.

"제 이름은 손하윤이에요."

"어. 그래. 하윤아. 그럼 또 보자."

'딩동'

찾아올 사람이 없는데 누군가 벨을 눌렀다. 비디오폰으로 확인해 보니 경찰 제복을 입은 여자였다. 하윤이의 언니인 것을 짐작할 수 있었다.

"누구세요?"

"네. 안녕하세요. 옆집에 사는 사람입니다."

"네. 잠시만 기다려 주세요." 나는 현관 입구에서 보이는 지저분한 것들을 대충 정리해 놓고 현관으로 나갔다.

"안녕하세요. 무슨 일이 시죠?"

"진작 찾아뵙고 인사를 드렸어야 했는데, 이삿짐 정리에 정신이 없어서 이제야 찾아뵙게 됐습니다."

"아 네. 괜찮으시다면 잠깐 들어오셔서 차 한잔하고 가시죠."

"그래도 될까요? 감사합니다."

"네. 들어오세요." 나는 여자를 거실로 안내했다.

"차는 뭐로 드릴까요? 커피 괜찮으세요?"

"네. 커피 좋습니다."

"편하게 소파에 앉아 계세요."

"네. 감사합니다."

나는 주방으로 가서 커피 두 잔을 기계에서 내렸다. 커피를 내리면서 거실을 슬쩍 보니 여자는 주변을 두리번거리며 나에 대한 정보를 무엇이든지 찾아보려고 하는 듯했다.

"커피 여기 있습니다."

"네. 고맙습니다. 잘 마시겠습니다." 여자는 나와 비슷한 나이로 보였고, 어깨까지 내려오는 웨이브 진 머리를 단정하게 하고 있었다. 멋쩍은 표정을 지을 때 보조개가 들어가는 것은 하윤이와 꼭 닮았다.

"제 이름은 손하정입니다. 아셨겠지만 오후에 보셨던 하윤이 언니예요."

"네. 저는 현세정이라고 합니다."

"군인이셨다고요?"

"네."

"하윤이가 먼저 얘기한 건 아니고, 있지 않던 젤리를 먹고 있기에 제가 추궁을 좀 했습니다."

"네…."

"혹시 어느 군대에 있었는지 여쭤 봐도 될까요?"

"아. 그것은 말씀드리기 좀 곤란합니다. 이해해 주십시오."

"네. 불편하시면 말씀 안 해주셔도 됩니다."

"네."

"그럼 한 가지만 부탁드리겠습니다."

"네. 말씀하시죠."

"먼저 선생님을 의심하는 것이 아님을 알아주셨으면 하고요, 내일 바로 저희 집 내부와 외부에 방범 카메라를 설치하려고 합니다. 양해 좀 부탁드립니다. 제가 없을 때는 되도록 집에만 꼭 있으라고 해도 말을 잘 안 듣습니다. 만성 폐질환이 있어서 집에만 하루 종일 있으면 답답해합니다. 시원한 바람 좀 쐬어보겠다고 잠시 현관 앞에 나갔다 오는 것 마저 못하게 할 수는 없는 노릇이죠. 하윤이는 제게 남은 전부예요. 무슨 말씀인지 아시리라 믿습니다." 여자는 말투를 굉장히 차가운 온도로 유지했으나, 하윤이를 정말 사랑하는 마음은 내비치는 표정만으로도 내게 전달 됐다.

"네. 알겠습니다. 저 때문이라면 걱정 끼치지 않게 조심하도록 하겠습니다."

"네. 감사합니다. 커피 잘 마셨고요. 이만 가보겠습니다. 쉬시고
계셨을 텐데 방해드려 죄송합니다."

"괜찮습니다. 안녕히 가세요."

그날 이후 나는 외출을 하지 않다가 한 주가 지나서야 평소와 같
이 하루에 한 번 산책을 했다. 옆집 외부에는 방범 카메라가 설치되
어 있었고, 하윤이는 보이지 않았다. 2주 정도 지났을까? 산책을 하
고 돌아오는 길에 하윤이가 늘 앉아 있던 자리에 앉아 있었다. 항상
가지고 놀던 분홍색 사자 인형을 무릎 위에 올려놓은 채 사자 인형
의 앞발 2개를 꼭 잡고 있었다. 나는 말 없이 눈인사를 했고, 하윤
이는 그런 나를 빤히 쳐다보았다. 그대로 나는 집 앞 현관문을 향해
지나쳤고 하윤이의 고개는 그런 나를 따라 돌아봤다.

"언니가… 카메라가 있으니깐 잠깐 바람 쐬는 정도는 괜찮데요."
나는 대꾸를 해줘야 할지 그냥 무시하고 집으로 들어가야 할지 잠
시 생각했다.

"어! 하윤이구나! 몰라보게 커서 나는 다른 사람인 줄 알았는데."

"거짓말하지 마세요."

"진짜야. 유치원에 간 거 아니었어? 난 네가 안 보이기에 유치원
에 간 줄 알았지."

"유치원은 아직도 대기하는 애들이 많데요. 콜록콜록."

"아… 어쩌지 유치원에 빨리 가야 하윤이도 좋고, 언니도 좋을 텐데 말이야. 언니도 잘 계시지?"

"네… 근데 저번에 우리 얘기했던 거 비밀로 하자고 했는데 제가 언니한테 말해서 죄송해요."

"괜찮아. 뭘… 미안해할 필요 없어. 비밀은 간직하고 있는 마음이 중요한 거야. 비밀이 탄로 났어도 하윤이 마음은 변함없잖아? 그걸로 된 거야."

"그래도요… 대신 이거….” 하윤이가 조막만 한 손을 내게 내밀었다. 손바닥에는 반지 하나가 놓여 있었다.

"이거 우리 레오가 끼고 있던 사자왕 반지인데 아저씨 드릴게요. 그때 맛있는 젤리도 주셔서 제가 선물로 드리는 거예요."

"아니 이렇게 귀한 걸 나한테 줘도 되는 거야?" 하윤이는 빨리 받으라는 표정으로 손을 조금 더 내밀어 보였다. 나는 반지를 받아서 왼쪽 새끼손가락에 끼웠다. 탄성이 있는 우레탄 계열의 재질 같았는데 다른 손가락에는 맞지 않을 것 같았다.

"고마워 하윤아. 사자왕 반지 끼니까 아저씨가 왕이 된 것 같은 기분이 드는데?"

"천하무적 반지에요. 레오도 그 반지 끼고 사자왕이 된 거예요."

"이거 레오한테 미안해서 어쩌지?"

"괜찮아요. 레오 옆에는 제가 항상 있잖아요. 콜록콜록."

"하윤이. 레오. 둘 다 고마워. 그럼 아저씨도 자!" 나는 주머니에 있던 젤리 봉지를 꺼내서 하윤이에게 건넸다.

"와! 저번 것하고 다른 맛 젤리네요?"

"맛있게 먹어. 아저씨가 다음에 다른 맛으로 또 줄게."

5개월 뒤

하윤이의 유치원 등록은 쉽게 되질 않았다. 하윤이는 언니가 집에서 쉬는 날을 제외하고, 내가 산책을 갔다가 돌아오는 시간에는 거의 매일 나와 있었다. 우리는 계단에 쭈그려 앉아서 이것저것 군것질을 하며 대화를 나누었다. 요새 아이들은 영악하기도 하던데 하윤이는 정말 순수함 자체였다. 사람은 이다지도 착하고 사랑스러운 존재인데 어른이 된 우리가 가지고 있는 포악함은 어디서 나오는 것일까? 그 포악함의 결과를 지금 이 세상이 여과 없이 분출하고 있기 때문에 천사 같은 아이들이 지옥과 같은 환경에서 살고 있는 것에 마음이 아팠다.

지난달에는 하윤이 언니 하정 씨가 나를 집으로 초대해서 저녁 식사를 같이 했다. 얘기하다 보니 하정 씨는 나와 동갑이었다. 우리 셋은 정말 재밌고 편한 시간을 보냈고, 그날 이후에 하윤이는 나와 같이 산책하는 정도까지 허락되었다.

혼란의 시대

국가들이 분열과 연합을 시작하며 전쟁의 분위기가 고조되고 있었다. UT컴퍼니는 드디어 북구를 통합하여 UT네이션으로 명칭하는 독립적인 국가의 지위를 행사했다. 다른 나라에서는 통상적으로 UT네이션을 북국이라고 칭했다. 북국은 세계 단일 정부 및 인구 감축을 목표로 삼았다. 남구와 동구는 북국의 위협으로부터 방어와 견제를 위해서 남구 지역에 거점을 둔 남동연합국을 형성하고 있었다. 서구 지역의 국가들은 혼란한 정세를 제대로 대처하지 못했다. 국가에 반기를 들며 생겨난 대규모 무장단체들의 내란에 의해 국가 시스템이 붕괴되어 무정부 구역이 되었다. 그야말로 그곳은 야만적인 무법천지로 변해가고 있었다.

"아저씨랑 산책하다 보니까 기침이 안 나기 시작했어요. 지난번에 병원 갔을 때 의사 선생님이 말씀해 주셨는데 신기하게도 폐에 있는 염증이 거의 다 사라졌대요."

"오! 그래? 정말 잘 됐다. 하윤이가 착해서 천사가 치료해 줬나 보다. 더 좋아지면 같이 뛰어도 되겠는걸?"

"뛰게 된다면 제가 아저씨 보다 빠를 걸요? 제가 안 뛰어서 그렇지 한 번 뛰면 엄청나게 빨리 뛰어요. 우리 언니도 제가 이긴 적이 있어요. 언니가 그러는데 제가 치타만큼 빠르데요."

"그래? 아저씨도 달리기만큼은 어디 가서 지지 않는데 잘됐네. 우리 나중에 시합해 볼까?"

"좋았어요. 조금 더 건강해지면 다음 달쯤에 시합해요."

"좋아. 그럼 진 사람이 이긴 사람 소원 들어주기 하는 거다?"

"네. 그래요. 아저씨는 연습 많이 하셔야 될 거에요."

"알았어. 아저씨가 연습 많이 해서 만반의 준비를 할게."

"아! 근데…"

"근데… 뭐?"

"말씀드리려다가 못 했는데… 언니가 남구 지역으로 긴급 발령이 났대요… 저희 보름 뒤에 남구로 이사 가요…." 갑작스러운 이사 소식에 이제 떨어져야 한다니 서운한 감정이 밀려왔다.

"그래? 갑자기 이사 간다니까 많이 서운한데… 아저씨가 전화번호 적어줄 테니까 혹시 무슨 일 있거나, 아저씨 소식 궁금하면 언제든지 전화해. 알았지?"

"알았어요. 떨어져 있다고 저 잊으시면 안 돼요."

"내가 하윤이를 어떻게 잊겠어. 하윤이 금방 건강해져서 다음에 꼭 달리기 시합하자."

"네. 아저씨."

집결

보름 뒤 하윤이는 남구로 이사 갔다. 나는 기존에 생활하던 방식 그대로 지냈지만 허전함이라는 불청객이 옆에 항상 붙어 있었다. 과자 봉지만 봐도 하윤이 생각이 났다. 딸과 헤어진 아빠들의 마음을 알 수 있을 것 같았다. 지금의 내게 산책은 오히려 독이 되었다. 공허한 감정이 밀려올수록 나는 지하실에서 하는 수련에 온 힘을 쏟았다. 먹고 자는 시간 외에는 몸이 녹초가 될 정도로 수련에만 집중했다.

'삐리릭'

"여보세요."

"김수혁입니다."

"안녕하세요. 대리님."

"소집 명령입니다."

"네…"

"남구 지역에 있는 북국 접경 지역입니다. 메시지로 집합 장소와 시간 보내놓겠습니다."

"네. 알겠습니다."

나는 필요한 최소의 물품만 챙겨서 그동안 머물던 안전가옥을 떠났다. 남겨진 짐과 집에 대한 뒤처리는 지부에서 알아서 한다고 했다. 특별한 추억과 정이 들었던 집이어서 그런지 발걸음이 쉽게 떨어지지 않아서 몇 번을 뒤돌아봤다. 안내받은 집결 장소는 북국과 접해 있는 군사 분계 구역에서 남쪽으로 조금 떨어진 위치에 있었다. 건물의 외장은 적벽돌로 치장이 된 5층 건물이었다. 건물 뒤쪽으로는 외부에서 보이지 않는 운동장이 있었고 헬리포트도 보였다. 건물 1층 회의실에서 우리 대원들은 약 1년 만에 다시 모두 모였다. 하지현 의료부장님과 간호요원 두 명도 합류했다. 방장님의 소식은 역시 알 수 없었다. 각자 자신이 지내왔던 이야기를 하며 우리는 그동안에 밀린 회포를 풀었다. 저녁 식사 후에 우리는 1층 회의실에서 다시 모였다. 김수혁 대리님이 회의를 주재했다.

"이제부터 우리는 북구의 UT네이션을 상대로 실전에 투입됩니다. 북국은 현재 AI왕의 통제하에 있으며 마스터 진이 총사령관으로 가담하고 있습니다. 적들은 현재 지난번 사룡사에서 보았던 조도르 군단과 기계병기들을 주력으로 태세를 갖추고 있습니다. 그때 샘플로 가져왔던 철갑옷의 주성분은 우주철광석 이었습니다. 저들이 어떻게 우주철광석을 채집했는지 모르겠지만, 다행인 것은 우리도 그에 대응하는 탄과 무기 개발을 완료했다는 것입니다. 남동연합국은 현재 전열이 제대로 정비되지 않은 상황이어서 우리가 당분간 해야 할 역할이 크리라 생각됩니다. 내일부터 2주일간은 적국의 위치 정보와 주요 침입 경로 등의 교전 학습을 집중적으로 하게 될 것입니다. 교전 학습과 동시에 새로운 무기에 대해서도 충분히 몸에 익혀 두시기 바랍니다. 학습을 마치기 전까지 적의 공습이 없기를 기대해 봅니다."

교전 학습 기간은 2주를 다 채우지 못했다. 북국의 선제공격이 있었기 때문이다. 북국은 군사력이 취약한 동구의 한쪽으로 우회하여 남구의 중부 지역을 습격했다. 그런 이유로 우리는 대비하고 있던 북쪽의 반대 방향으로 남하했다. 우리 대원들은 적들과 한 번 교전해 본 경험을 바탕으로 적들을 척결해 나갔다. 우리의 막강한 전투력은 금세 입소문으로 퍼졌다. 우리 부대의 대외적인 공식 명칭은 사룡부대였지만 사람들은 우리들의 전투복 색이 변한다 하여 카멜레온이라고 부르기도 했다. 한 달 정도 지났을 무렵이었다. 선제 침입한 적들의 소탕이 완전히 끝나기도 전에 북국은 남동연합국 최후방에 위치한 지원시설에 1차 핵공격을 한 것과 동시에 접경지로부터 본격적인 공격을 준비하고 있었다. 남동연합국은 북국의 비인간적인 무참한 공격에 아수라장이 되었다. 연합사령부는 완전하게 결속되지 못한 군 조직과 지휘 체계를 정립하는 것에 집중하면서 북국에 핵미사일로 대응 공격했다. 폭탄의 화염재가 온 하늘을 뒤덮어서 낮과 밤을 구분하기 힘들 정도였다. 추적추적 내리는 빗물은 시커멓고 끈적거리는 잿물과 같았다. 우리는 중부 지역에 남아 있는 적들을 남동연합국에 맡기고 접경지 근처에 있는 부대 건물로 복귀를 앞두고 있었다.

무법지대

'삐리릭' 하윤이 언니 하정 씨의 전화였다.

"안녕하세요. 세정 씨… 잘 지내시죠?"

"네. 안녕하세요. 하정 씨. 하윤이도 잘 있죠?"

"그게….' 하정 씨는 겁먹은 목소리로 말을 못 잇고 있었다.

"하정 씨! 왜 그러세요? 무슨 일 있는 거예요?"

하정 씨는 서구 지역과 인접한 곳에서 지역 순찰 업무를 보고 있었다. 하윤이는 유치원 겸 보육시설에 등록되어 시설 버스로 통학을 했다. 나는 유치원이 서구 지역 근처인 것이 마음에 걸렸지만 그래도 하윤이가 유치원에 다니면서 친구들과 어울려 지내는 것이 잘된 일이라고 생각하던 차였다.

"하윤이가 탄… 통학 버스가… 피랍됐어요….'

"네? 뭐라고요?"

"집에서 유치원으로 가는 통학 버스를 서구 무장집단이 탈취해서 달아났어요."

"하정 씨 지금 어디예요? 문자로 위치 주시면 제가 지금 바로 갈게요."

나는 대원들이 모여 있는 휴게실로 뛰어갔다.

"고성학 선배님. 저 지금 급하게 가봐야 할 데가 있습니다."

"지금? 부대 건물로 복귀 명령이 곧 떨어질지 모르는데… 무슨 일로 그러는데?"

"제 동생이 서구 지역 놈들한테 납치가 됐습니다."

"네가 동생이 있었어?"

"아… 대기하고 있을 때 옆집에 살고 있던 동생입니다. 부탁드립니다. 지금 한시가 급합니다."

"그래 알았어. 잠깐만. 우선 김수혁 대리 통해서 지부에 긴급 외출 요청해 볼게."

"네. 감사합니다."

상황실에 갔던 고성학 선배가 돌아왔다.

"외출 허락은 받았어."

"감사합니다. 선배님."

"근데… 조건이 좀 있다."

"…"

"우선 모든 것이 비공식적인 네 개인의 독단 행동이 될 것이다. 지금 아군 상황이 좋지 못하기 때문에 대규모 전쟁으로 이어질 수 있는 또 다른 적을 만들 수 없다는 입장이야. 고로 신분이 노출되는 무력사용은 안 되며, 같은 이유로 배가슈트는 착용할 수 없다. 너는 현명하니까 무슨 말인지 알겠지?"

"네. 알겠습니다."

"여기 세정이가 밖으로 외출하는 거 본 사람 있나?"

"없습니다." 대원들이 모두 대답했다.

"아! 도진이는 장비 챙겨서 3호 차 타고 서구 접경 지역에 출장 좀 다녀와. 업무 내용은… 서구접경지 세부지형 업데이트하는 걸로."

"네. 알겠습니다."

"모두들. 감사합니다."

"무사히 잘 갔다 와." 대원들이 모두 격려해 주었다.

"최소한의 무기는 알아서 챙겨 가도록 해." 고성학 선배가 귓속말로 내게 말했다.

나는 자동권총 두 자루와 짧은 단검, 방탄복 등을 가방에 급히 챙겨서 전도진 선배가 운전하는 차를 타고 하정 씨가 알려준 장소로 갔다.

"하정 씨."

"세정 씨."

"어떻게 된 겁니까?"

"오늘 아침에 하윤이가 탄 유치원 버스가 피랍됐어요. 학부모들이 즉각적인 구조를 경찰과 정부에 요구했지만, 정부에서는 경위 조사부터 해야 한다면서 늦장을 부리고 있어요. 서구 놈들은 어린아이들을 잡아다가 키워서 성노예나 인육으로 판다는 얘기도 있어요. 저는 어떻게 해야 할지 몰라서 발만 동동 구르고 있다가 연락할 곳이 세정 씨밖에 없어서 전화 드렸습니다. 세정 씨까지 걱정 끼치게 해드려 죄송해요."

"아니에요 하정 씨. 무슨 말씀을 그렇게 하세요. 다른 생각하지 말고 한시라도 빨리 하윤이를 찾는 것이 급선무입니다. 지금 북구와의 전쟁도 겨우 치르는 상황에서 정부는 나서지 않을 겁니다. 우리 힘으로 하윤이를 찾아와야 합니다. 아! 저랑 같이 오신 이분은 같은 부대에 계시는 전도진 선배님입니다."

"안녕하세요. 전도진 입니다."

"손하정입니다. 이렇게 와주셔서 정말 감사드립니다."

"별말씀을요. 혹시 하윤이의 DNA 정보를 알 수 있는 것이 있을까요? 머리카락이나 칫솔 같은 거요." 전도진 선배가 말했다.

"지금은 없고, 집에 가면 있습니다."

"그럼 빨리 집으로 가시죠. 하윤이 DNA 정보를 채취하면 인공위성으로 연계된 저희 장비로 위치를 알아낼 수 있는 확률이 높습니다. 저희 차에 타시죠."

"네."

우리는 하정 씨네 집에 있는 하윤이의 칫솔에서 DNA 정보를 채취하여 위치 찾는 장비에 구동시켰다. 데이터를 처리하는 시간이 약 5분 정도 걸린다고 전도진 선배가 말했다. 5분이라는 시간이 정말 길게 느껴졌다. 혹시나 하윤이가 잘못되지는 않았을까? 방장님의 경우와 같이 정보가 나타나지 않으면 어쩌지? 걱정과 불안이 가슴을 애태우는 가운데 제발 무사히 있어주기를 간절히 바랐다.

"신호가 잡혔습니다." 전도진 선배가 말했다.

서구의 회색광장 내에 형성된 블랙마켓 뒤편에 있는 건물의 지하에서 신호가 잡히고 있었다. 우리는 경비가 허술한 서구 접경 지역을 통과하여 블랙마켓으로부터 700미터가량 떨어진 곳에 정차했다. 차량으로는 더 이상 접근하기가 부담스러웠다.

"두 분은 여기 계세요. 여기서부터는 제가 모터바이크를 타고 혼자 갈게요."

"저도 같이 가겠어요."

"하정 씨는 여기서 도진 선배님과 같이 있어주세요. 여기도 무슨 일이 생길지 모르고, 또 제가 혼자 가는 편이 여러모로 낫습니다."

"네… 그럼 조심하시고 무사히 돌아오셔야 해요 세정 씨."

"네. 알겠습니다."

"여기는 걱정 말고 잘 갔다 와 세정아. 내가 정찰기랑 공격지원 드론 띄워놓을 테니까 통신과 바디캠 상태 유지하면서 대응하자고."

"네. 알겠습니다. 선배님."

나는 3호 차 측면에 부착된 모터바이크를 내려서 블랙마켓 쪽으로 향했다. 회색광장 진입부에 접근해서 모터바이크를 눈에 안 띄는 곳에 세워두었다.

"올빼미! 통신상태 확인!"

"잘 들린다. 백조."

"광장 내부에 있는 마켓 주위로 빈 공간이 형성되어 있어서 여기서부터는 도보로 가겠습니다. 광장 외부에 있는 망루에 경비시설도 보입니다."

"나도 봤어. 경비초소 때문에 드론이 더 이상 접근 못 하고 우회 경로 찾고 있으니 참고 바람."

"네."

나는 망루의 경비망을 피해서 블랙마켓으로 진입했다. 마켓은 중세의 암흑시대에나 있었을 법한 분위기를 내고 있었다. 거리는 청소가 안 되어 온갖 쓰레기와 음식물 찌꺼기들이 널려 있었다. 거리에는 가로등이 없어서 어두컴컴했다. 그나마 길 양쪽에 늘어선 상점들의 내부 조명과 밖에 걸린 네온간판들이 희미하게 거리를 비추고 있었다. 어두운 골목의 곳곳에는 부랑자나 마약에 취한 것 같은 사람들이 누워 있거나 고개를 푹 숙이고 앉아 있었다. 도시 전체에 난

생처음 맡아보는 메케하게 썩은 냄새가 깔려 있어서 숨을 쉴 때마다 거북한 느낌이 들었다. 알 수 없는 어떤 병균들이 떠다니는 것 같았다. 정체 미상의 고기를 내걸어 놓은 정육점과 신선해 보이지 않는 생선이 진열된 가게 등의 식품거리를 지나자 헌 옷부터 중고 잡화를 파는 곳이 나왔다. 전방에 보이는 큰 사거리 귀퉁이에는 무기 상점이라고 써 붙인 곳이 보였고, 상점의 외부 유리에 짙은 선팅이 돼 있어서 내부는 보이지 않았다. 길은 다행히 복잡하지 않고 직각으로 반듯하게 나 있었다. 큰 사거리에서 우측으로 꺾어서 쭉 가면 하윤이가 있는 곳이다. 나는 눈에 띄지 않게 서둘러 달려서 신호가 잡히는 건물 앞에 다다랐다. 4층으로 된 건물 입구에는 소총으로 무장한 네 명의 남자가 서 있었다. 건물 앞으로 지나가는 행인은 거의 없었다. 누군가 건물 안으로 들어갈 때는 남자 중의 하나가 신원을 확인한 후 손에 들고 있던 리모컨으로 문을 열어주었다. 건물 한쪽에 유치원 차 같이 보이는 버스 한 대가 주차돼 있었다. 버스 외부는 컬러스프레이로 쓰여진 욕설과 그림으로 뒤덮여 있었다. 버스 전면의 전조등 사이에 에덴유치원이라는 글자가 희미하게 보였다.

"하정 씨! 하윤이가 다니는 유치원이 에덴 유치원인가요?"

"네. 맞아요."

"잘 찾아 왔습니다. 이제 건물로 진입하겠습니다."

"네. 조심하세요."

나는 등 가방에 있는 단검 두 자루를 꺼내어 뒤 허리춤에 꽂았다. 행인이 없는 틈을 타서 조용히 건물 앞에 다다르자 남자 한 명이 내게 총을 겨누었다.

"무슨 일로 왔나?"

"꽃 찾으러 왔다."

"뭣?"

나는 허리춤에서 단검을 꺼내어 먼저 말 건 놈의 목부터 찔렀다. 이 모습을 본 나머지 세 명이 어리둥절 총구를 내게 겨눴지만 그들은 방아쇠를 당길 수도 없이 내 칼에 팔이 절단되거나 심장이 찔려서 외마디 비명도 지르지 못했다. 쓰러진 남자들을 건물 앞에 세워진 트럭 밑으로 옮겨서 밀어 넣었다.

"올빼미! 건물 내부에 있는 적 위치 정보 좀 수신받을 수 있을까요?"

"잠시만. 안 그래도 데이터를 보내주려고 했는데 정찰 드론이 조금 멀리 떨어져 있어서… 아! 지금 됐다. 바로 보내줄게."

"네. 감사합니다."

1층에 여섯 명. 나머지 각 층에 삼사십 명 정도가 표시되었다. 다행히 1층에는 사람이 많이 없었다. 내 총에는 소음기가 달려 있지만 상대편에서 총성이 울리는 순간 적들이 몰릴 것이기 때문에 1층까지는 단검을 사용하고 지하에서부터 속전속결로 총을 사용하기로 했다. 바닥에 떨어져 있던 리모컨을 주어서 건물 입구 문을 열고 들어갔다. 좌측에 술 마시는 긴 카운터가 있었고 웨이터 앞에 무장한 남자 한 명이 높은 의자에 앉아 있었다. 우측 한편 테이블에도 무장한 남자 네 명이 술을 마시고 있었다. 한군데에 모여 있던 사람들이 내가 건물로 들어오는 순간에 양쪽으로 위치 이동을 한 것이다. 이렇게 되면 총기를 사용하지 않을 수 없었다. 나는 우선 카운터로 다가가서 웨이터와 높은 의자에 앉아 있던 남자를 단검으로 처리하고 우측 편에 있는 네 명은 권총으로 사살했다. 소란하지 않게 조용히 처리됐다. 홀 중앙에 승강기가 보였지만 계단을 이용하기로 했다. 하윤이가 있는 곳은 지하층 제일 안쪽 방에 표시되고 있었다. 계단을 내려가다가 중간 계단참에서 아래를 살펴봤다. TV 앞 소파에 세 명이 앉아 있었고 긴 복도에도 무장한 자들이 서 있었다. 계단 밑에 이르기 전에 소파에 앉아 있는 자들을 처치했다. 이를 목격한 복도에 있는 자들이 내게 총을 쏴댔다. 총성이 건물 전체로 울려 퍼졌다. 나는 다시 위쪽의 계단참으로 올라가서 등 가방 안쪽에 달려 있는 방패를 꺼내어 펼쳤다. 이렇게 협소한 곳에서의 전투는 사룡사의 미로 훈련장에서 수천 번에 가까운 훈련을 했었다. 적을 정확히 보지 않고도 인지되는 미세한 감각만으로도 충분히 사살이 가능하다. 복도 입구의 적부터 처치하며 복도 끝에 다다랐을 때쯤 건물 위에 있던 자들이 모두 지하로 몰려들어 왔다. 이 자들을 모두 처치하지 않는 한 여기를 빠져나갈 수 있는 방법은 없는 것 같았다.

"이 버러지 같은 영혼들아. 너희들 때문에 오늘 염라대왕님 야근 좀 하셔야겠다." 몰려 내려온 무리는 자기편이 모두 쓰러져 있는 광경에 당황했고, 내가 혼자라는 것에 더 놀란 것 같았다. 복도는 순식간에 시쳇더미로 뒤덮였다. 백여 명에 가까운 자들을 처치하는 데 3분이 걸리지 않았다. 하윤이가 있는 방부터 찾아가서 철문의 잠금장치를 부수고 안으로 들어갔다. 꼬마 아이 세 명이 있었는데 모두가 총소리에 놀라서 벽 한쪽에 웅크린 채 모여서 떨고 있었다.

"여기 하윤이 있니? 나 세정 아저씨야."

"아저씨?" 세 명의 아이 중 한 아이가 고개를 들어서 나를 쳐다보며 말했다. 하윤이었다. 하윤이는 나를 확인하자 곧바로 달려와서 내 품에 안겼다. 무사하기만을 바랐던 하윤이가 내 품에 안겨 있다는 사실이 믿어지지 않았다.

"어디 다친 데 없어?" 이마를 가리고 있는 하윤이의 바가지머리를 뒤로 쓸어보며 말했다.

"네. 다친 데 없어요. 아저씨! 저 여기 있는지 어떻게 알고 오신 거예요?"

"언니한테 들었어. 얘기는 나중에 하고 우선 여기부터 빠져나가자. 너희들도 어디 다친 데 없니?" 아직도 벽에서 떨고 있는 아이들에게 말했다.

"네…."

"같이 잡혀 온 애들은 더 없니?"

"세 명 더 있었는데 나쁜 사람들한테 끌려 나갔어요." 아이들이 겁에 질려서 떨리는 목소리로 말했다. 나는 가방에서 한 팩에 여러 개가 압축돼서 들어 있는 방탄복을 꺼내어 아이들에게 입혔다.

"이제 여기서 나가자. 아저씨만 잘 따라와."

"네."

나가는 길에 복도에 있는 방들의 철문 잠금장치를 모두 부쉈다.

"모두 나오세요." 안에 있던 사람들이 밖으로 뛰쳐나왔다. 서른 명 남짓 되었다. 안타깝게도 아이들은 보이지 않았다. 젊은 여자들이 대부분이었고 남자들도 몇 명 있었다.

"총기 사용할 줄 아시는 분은 바닥에 떨어진 총을 집으세요." 남자들과 여자들 중의 몇 명이 총을 집었다. 나도 자동소총 두 자루를 집었다.

"여기 서구 지역 말고 다른 곳에서 잡혀 오신 분 있나요?" 반 정도가 손을 들었다. 손을 들지 않은 반은 서구에서 살던 사람이라고 했다.

"좋습니다. 이 지역에 사시는 분들은 건물 밖으로 나가시면 살던 곳으로 흩어지시면 될 것 같습니다. 나머지 분들은 저를 따라오셔도 되고, 일단 서구 어딘가에서 피신해 계시는 편이 좋을지도 모릅니다. 제가 무사히 댁으로 모신다는 보장은 할 수 없지만, 할 수 있는 최선을 다하겠습니다." 건물을 나와서 나와 함께 가겠다는 사람은 아이들 외에 열 명 정도가 있었다.

"두 명씩 짝을 지어서 자연스럽게 저를 따라오십시오."

우리는 큰 사거리를 향해서 약간 빠른 걸음으로 갔다.

"백조! 다섯 무리쯤 되는 집단이 그쪽으로 가고 있다. 아마도 아까 건물에 있던 놈들과 연계된 조직 같아. 지금 경비망 피해서 정찰

144

기랑 공격지원 드론 상공에 접근시켜 놨어."

"네. 알겠습니다. 감사합니다."

나는 무장조직이 접근하고 있다는 사실을 사람들에게 알렸고, 동요하지 말고 벽 쪽으로 붙어서 계속 걷게 했다. 손목장비 화면을 보니 적들의 이동 속도가 엄청 빨랐다. 트럭이나 자동차를 타고 오는 것 같았다. 적들과 좁혀진 거리는 우리를 더 이상 앞으로 가지 못하게 했다. 정확히 우리 방향으로 오는 것으로 보아 우리의 퇴로를 파악한 것 같았다.

"적들이 거의 다 왔어요. 일단 이쪽 좁은 골목에서 몸을 숨겨야 겠습니다. 놈들이 보이는 즉시 우리가 먼저 사격할 겁니다."

트럭 세 대, SUV 두 대가 우리 쪽으로 빠른 속도로 오고 있었다. 내가 먼저 사격을 시작했고, 우리 쪽 사람들도 같이 총을 쐈다. 저들도 긴급히 차를 세우고 밖으로 나와서 우리 쪽으로 사격을 가하며 접근했다. 저들이 우리에게 더 가까이 온다면 전투 경험이 없는 우리 사람들이 전부 당할 것이 뻔했다. 내가 저들에게 가서 근접전을 하는 것이 최선이었다.

"여러분! 제가 놈들한테 접근해서 제 쪽으로 유인하겠습니다. 이쪽으로 사격이 뜸해진다 싶으면 큰 사거리로 전속력을 다해서 뛰십시오. 사거리에 다다르면 숨 좀 고르시며 저를 기다리세요. 혹시 저한테 무슨 일이 생겨서 제가 늦거나 못 올 거 같으면 사거리에서 좌측 방향으로 계속 달려가세요. 광장 밖까지 벗어나셔야 합니다. 그리고 이 아이들 무사할 수 있도록 잘 부탁드립니다."

"네. 알겠습니다. 아이들은 저희가 책임지고 보호하겠습니다."

"감사합니다. 올빼미! 이분들 드론으로 엄호 부탁드립니다. 그리고 광장 앞까지 와주셔야 할 것 같은데 가능할까요?"

"어! 알았어. 접근해 볼게."

"감사합니다."

"하윤아! 이분들하고 먼저 가. 아저씨도 최대한 빨리 뒤 따라갈게."

"아저씨 꼭 금방 오셔야 해요."

"알았어. 금방 갈게."

나는 조금 전부터 모으고 있던 기원력을 끌어 올려서 적진으로 뛰어들었다. 종횡무진 빠르게 적들을 처치하는 내게 화력이 집중됐고, 하윤이와 사람들이 사거리를 향해서 뛰어가는 것이 보였다. 지금 정도의 상황이라면 늦지 않게 하윤이와 합류할 수 있을 것 같았다. 기원력을 좀 더 증강 시켰다. 처음의 예상과 달리 시간이 조금 더 소요됐다. 나는 상황이 종료되자마자 사거리를 향해서 뛰었다. 총격전 소리에 상인들은 모두 가게 문을 닫았고, 거리에 있던 사람들도 모두 어디론가 사라져 버렸다. 우리 쪽 사람들은 사거리에서 나를 기다리고 있었다.

"아저씨."

"어. 하윤아. 몸은 괜찮아?"

"네."

"다들 숨 좀 돌리셨나요?"

"네. 이제 어쩌죠?" 빨강 머리를 한 어느 젊은 여성이 물었다.

"광장을 벗어나야죠. 자 가시죠."

출발하려는 순간에 전도진 선배의 통신 음성이 들렸다.

"백조! 지금 사거리 모든 방향에서 적들이 몰리고 있어."

"네?" 손목장비 화면을 보니 정말 모든 방향에서 적들이 오고 있었다. 은신하면서 공격할 수 있는 장소가 필요했다. 이곳으로 오면서 봤던 무기상점이 눈에 띄었다.

"지금 적들이 모든 방향에서 이쪽으로 오고 있습니다. 일단 저기 보이는 무기상점으로 들어가야겠습니다."

우리는 사거리 귀퉁이에 있는 무기상점으로 갔다. 나는 잠겨 있는 문을 부수고 안쪽으로 들어가서 누가 있는지 확인을 먼저 했다. 아무도 없었다. 쓸 만한 무기가 있나 둘러보았다. 일반인을 상대로 영업을 했는지 작은 권총들이 대부분 이었다. 안쪽 진열대가 눈에 띄었다. 크레모아 지뢰가 보였다. 진열대 앞으로 가서 만져보니 모조품이었다. 진열대 바닥에 깔려 있는 탄통을 열어보았다. 다행히 가지고 있는 자동소총과 호환이 되는 총탄이 있었다. 적의 인원에 비해 빈약한 화기를 가지고 있었지만 최대한 버텨야 했다. 나는 다시 출입구 쪽으로 가서 도로 방향과 같이 ㄱ자로 꺾여 있는 유리창을 깨부쉈다. 콘크리트 구조물로 된 창턱이 높게 올라와 있어서 몸을 보호할 수 있었다.

"총을 가지신 분은 이쪽으로 와주십시오. 여기 창턱 밑에서 몸을 보호하면서 사격하면 됩니다. 저기 보이는 노란색 건물 방향이 우리가 탈출해야 하는 길입니다. 그래서 탈출로의 적들을 먼저 처치해야 합니다. 나머지 분들은 저기 벽 쪽에 붙어서 기다리고 계십시오. 나갈 준비가 되면 말씀드리겠습니다."

"네. 알겠습니다. 몸조심하세요." 빨강 머리 여성이 아이들과 사람들을 벽 쪽으로 모았다. 잠시 후 적들이 시야에 들어왔고, 교전이 시작됐다. 상공에 있는 우리 드론이 제 역할을 해주고 있었다. 옆에서 총을 쏘고 있는 사람들의 명중률은 거의 없었지만 적의 접근을 막는 효과로는 충분했다. 나는 탈출로 확보에 전념하면서 나머지 방향의 적들도 견제했다. 교전 후 10분 정도가 지났다. 우리 드론은 적에게 모두 격추당했고, 탈출로 방향의 적들은 거의 정리 됐다. 다른 쪽 방향의 적들이 다가오고 있어서 이제 여기를 벗어나야 했다.

"올빼미! 혹시 이쪽으로 조금 더 와줄 수 있나요?"

"음… 망루에 있는 경비대가 문젠데… 최대한 접근해 볼게."

"네. 부탁드립니다."

더 이상 이곳에 머무를 수 있는 상황이 아니었다. 우선 우리 사람들이 안전하게 탈출할 수 있게 도와줄 무언가가 필요했다. 나는 길에 주차되어 있는 차를 옮겨서 보호벽을 만들기로 했다.

"여러분! 이제 여기서 나가야 합니다. 제가 먼저 나가서 차를 이용해서 보호벽을 만들겠습니다. 보호벽을 만드는 동안 엄호사격 부탁드립니다. 자동차 두 대 정도 벽이 만들어졌을 때 차 뒤쪽으로 숨어서 있는 힘을 다해 뛰십시오. 광장 외곽에 있는 망루의 경비대가 처치되면 우리 차가 들어와서 여러분들을 모실 겁니다."

"아저씨도 빨리 오셔야 해요." 하윤이가 옆에 와서 내 손을 잡으며 말했다.

"하윤아! 아저씨랑 달리기 시합하기로 했지?"

"네."

"오늘 아저씨랑 시합하는 거야."

"아저씨는 늦게 출발하실 거잖아요."

"아저씨가 늦게 출발하는 대신 가방 안에 있는 날개 달린 신발을 신을 거야."

"정말요?"

"그래. 하윤이가 최선을 다해서 뛰지 않으면 아저씨한테 질 거니까 뒤돌아보지 말고 있는 힘을 다해서 뛰어야 해 알았지?"

"알겠어요. 제가 치타보다 빠른 거 보여드릴게요."

"그래. 하윤아. 자! 아저씨 먼저 나간다."

"네."

나는 기원력을 최대로 끌어 올려서 밖으로 나갔다. SUV 차량 한 대를 무기상점 앞쪽으로 먼저 옮기고, 중형 승용차를 그 옆으로 옮기면서 상점 안의 사람들에게 나오라는 신호를 보냈다. 사람들은 내 신호를 보고 나와서 탈출 방향으로 뛰어갔다. 하윤이와 아이들도 최선을 다해서 뛰었다. 중간에 한 아이가 넘어졌지만 빨강 머리 여성이 아이를 일으켜 세운 뒤 다시 같이 뛰어갔다. 갑자기 오른쪽 허벅지에서 쥐어짜는 통증이 전해졌다. 총상이었다. 구멍 뚫린 바지에서 시뻘건 피가 쿨럭쿨럭 밖으로 흘러나오고 있었다. 탈출하는 사람들의 안전을 위해서 차량 한 대는 더 붙어야 했다. 나는 대응사격을 잠깐 한 뒤 근처에 있는 1톤 탑차를 옮겼다. 옮기는 중에 옆구리에 총을 한 발 더 맞았다. 대응사격을 한 차례 더 하고 나서 탈출로를 향해서 뛰었다. 우리 3호 차가 사람들에게 접근하는 것이 보였다. 3호 차는 사람들 앞에서 급히 회전하여 뒷문을 열어주었다. 하정 씨가 나와서 하윤이와 사람들을 차 안으로 들어가게 했다. 안도의 마음이 들었다. 하윤이와 사람들이 차 안에서 내게 빨리 오라고 손짓했다. 뛰는 사이에 팔에도 총알이 박혔다. 나는 뒤 돌아서서 뒷걸음치며 사격을 했다. 왼쪽 종아리와 가슴에도 총알이 박혔다. 계속 걸어야 한다는 내 의지와 상관없이 몸이 뒤로 젖혀지며 쓰러지게 됐다. 더 이상 걸을 수 없다는 것을 알았다.

"올빼미! 어서 출발하세요. 규칙 4번입니다." 규칙 4번은 "냉철한 판단에 의해서 가망이 없는 전우는 과감히 포기한다."였다.

"백조…"

"어서요…"

3호 차는 문을 닫고 출발했고, 하윤이가 뒷문 유리창으로 나를 보며 울부짖는 것이 보였다. 이런 모습을 보이고 싶지는 않았는데…

그래도 하윤이가 무사히 탈출하는 것을 보니 마음이 편했다. '하윤아! 달리기 시합은 아저씨가 졌다. 아저씨가 하윤이 소원 들어줘야 하는데….' 나는 체념의 눈을 감았다. 여기저기서 울리는 총성이 귓가를 울리고 스쳐 지나갔다. '마리와의 약속도 지켜야 하는데….' 이렇게 끝난다는 것. 못다 한 일들에 대한 회한이 시커먼 천체로 변하여 하늘에서 내려오며 몸 전체를 압박했다. 아쉬움만 남는 이리 허망한 것이 인생인 것을…. 이 세상은 삶의 소중함과 허망함을 언제쯤 인정할 것인가! 모든 것을 내려놓는 찰나에 숨쉬기 힘들 정도의 강한 바람이 전신에 몰아쳤다.

"백조! 정신 차리고 눈 떠!"

정연수 선배 목소리였다. 눈을 떠보니 머리 위에 검은 헬기가 떠 있었다. 헬기에서는 공중사격을 쉴 새 없이 퍼부었고, 탄피들이 우박같이 떨어졌다.

"아! 연수 선배…."

"어서 정신 차리고 지금 내려가는 와이어 고리를 허리 벨트에 걸어. 인상하는 것과 동시에 여기를 벗어난다."

"네. 알겠습니다."

재회

'여긴 어디!' 가늠할 수 없이 높게 치솟은 양쪽의 벽이 끝도 없이 앞, 뒤로 길게 뻗어 있다. 바닥도 흰색, 벽도 흰색, 내가 입고 있는 옷도 흰색이었다. 어느 쪽 방향을 선택하든지 간에 이곳을 벗어날 수 있을 것 같지 않았다. 아무 곳이나 한쪽 방향을 정해서 걷기 시작했다. 끝이 보이지 않던 길에서 갑자기 원형의 벽으로 이루어진 막다른 곳이 나타났다. 원형의 벽에는 여러 개의 문이 나 있었다. 문들은 저마다 다른 색의 불빛으로 켜졌다, 꺼졌다 했다. 어느 색의 문으로 나가느냐에 따라서 삶과 죽음이 결정되는 듯했다. 나는 자연스럽게 마음이 끌리는 붉은 빛이 도는 자주색 문을 선택해서 열고 들어갔다. 무한한 깊이의 검은 원통. '이 곳은…' 지온에서 마지막 날 꿈에서 보았던 곳이다. 수없이 많은 모니터들이 켜지고 세상의 모든 음성이 울려 퍼지면 나는 또다시 졸도할지도 모른다. 모니터가 하나둘씩 켜지며 소리가 나오기 시작했다. 나는 바닥에 정좌하여 눈을 감고 무원류의 본 호흡을 했다. 기원력을 귀에 집중시켜서 소리들을 차단했다. 방장님의 가르침을 떠올렸다. 공포와 두려움은 내 마음과 생각에만 존재한다는 것을 상기시키며 담대한 마음으로 호흡에 집중했다. 시간상으로 벌써 수만 개의 모니터 소리가 울리고 있을 테지만 나는 평온을 유지했다. 얼마나 시간이 지났을까? 귓가에 몰려들던 소리들이 잠잠히 없어졌다. 고요해진 가운데 어디선가 한 목소리가 들려왔다.

"세정… 세정…." 남자 목소리인지 여자 목소리인지 구분이 안 가는 처음 듣는 중성적인 목소리였다. 목소리의 울림은 땅끝까지 퍼질 수 있을 것 같은 파동을 지니고 있었다.

"세정… 나약한 인간이여… 인간의 한계를 망각하려 하지 마라… 광명의 빛에 무릎 꿇고 재탄생하는 세계에 고개 숙여라. 고개를 들어서 총구를 내게로 향한다면 너는 필히 죽은 목숨이 되리라. 너는 내게로 와서 나와 함께 하여야 한다." 목소리의 엄청난 진동에 심장이 터질 것 같았다. 진동을 막아보려 했지만 헛수고였다. 나는 고통으로 몸부림쳤다.

"세정아! 정신 차려! 나 마리야 세정아. 깨어나야 해. 어서 일어나."

"아저씨! 정신이 드세요? 언니! 아저씨가 정신을 차리셨나 봐." 하윤이었다. 하윤이가 얼굴을 내게 너무 가까이 들이밀고 있어서 앞이 잘 보이지 않았다.

"어. 하윤아. 얼굴 좀 조금만 뒤로 해줄래? 너무 가까워서 안 보이잖아."

"아! 네. 아저씨! 제가 얼마나 걱정했다고요."

"걱정해 줘서 고마워 하윤아."

"아저씨 지금 1주일이 넘게 여기 누워 있었어요."

"하윤아. 언니가 의사 선생님 데리고 올게."

"응. 언니."

"하윤이는 어디 다친 데 없어?"

"네. 전 괜찮아요. 아저씨 그날 하늘을 엄청 높이 날랐어요. 저도 날개 달린 신발 신게 해주세요. 아저씨."

"어… 그게… 음! 음! 아… 목이 너무 칼칼하네." 그날 차 안에서 하윤이의 눈에는 헬기에서 내려온 와이어 줄이 안 보였을 것이다. 그래서 내가 정말 하늘로 날아올라 간 것처럼 보였나 보다. 뭐라고 변명해야 할지 난감해하는 중에 문이 열리며 하지현 의료부장님과 하정 씨, 그리고 대원들이 다 같이 병실로 들어왔다.

"정신이 좀 드세요, 세정 씨?" 하지현 부장님이 펜라이트로 내 동공을 살피며 물었다.

"네. 괜찮습니다."

"총상이 깊었어요. 몇 주는 더 안정을 취하면서 요양해야 합니다. 있다가 몇 가지 검사를 해보겠습니다."

"네. 알겠습니다. 감사합니다."

하지현 부장님은 링거 상태를 확인하고 밖으로 나가셨다. 대원들이 모두 내가 깨어난 것을 축하해 주었다.

"다들 걱정 많이 했다. 여기 하정 씨와 하윤이가 매일같이 밤새도록 네 옆에서 지켰다." 도미닉 선배가 말했다.

"고맙습니다. 하정 씨. 하윤이도 고마워. 그리고 선배님들 정말 감사드립니다." 대원들은 무단 출동한 것에 대해 징계를 받았다며 너스레를 떨었다.

"감사는 저희가 드려야지요. 우리 하윤이 구해주셔서 정말 감사드립니다. 그날 같이 구출된 아이들 부모님도 세정 씨 안부만 걱정하면서 세정 씨 일어나면 꼭 찾아온다고 하셨어요."

"네. 고맙습니다. 이제 정신이 들었으니 더 이상 걱정 안 해도 된다고 전해주세요."

"아저씨. 빨리 회복해서 우리 같이 날개 달린 신발 신으러 가요."

"음! 음! 아…." 모여 있는 사람들 모두 눈치를 챘는지 저마다 실없는 말을 하며 내게 몸조리 잘하라는 말과 함께 병실 밖을 나갔다. 나는 하윤이의 관심을 딴 데로 돌리기로 했다.

"아! 맞다. 아저씨가 달리기 졌으니까 하윤이 소원 들어줘야 되는데 하윤이 소원이 뭐야?"

"음… 우리 언니랑 결혼해 주세요."

"뭐?"

"뭐라고?" 하정 씨와 내가 동시에 당황하며 얼굴을 붉혔다.

"우리 언니랑 결혼해서 우리 셋이 같이 살아요. 둘이 나이도 같고, 이름도 세정. 하정. 똑같이 정으로 끝나고… 또 둘 다 예쁘고 잘생겼잖아요."

"아… 그건 말이야 하윤아. 결혼이 그렇게 내기에 의해서 결정되는 게 아니고… 에… 또 세상에는 불가능한 일도 있는 법이고, 그리고 무엇보다 결혼이 어느 한쪽의 소원만으로 성사되는 것이 아니거든."

"언니한테도 누가 더 밥 빨리 먹나 소원 들어주기 내기해서 제가 이겼어요."

"어머! 하윤아 그건 네가 밥을 너무 안 먹어서 언니가 내기해서 져준 건데, 그걸 아직도 기억하고 있는 거야?"

"약속은 소중하다고 했으니 두 분 다 제 소원을 들어주시기 바랍니다."

하정 씨와 나는 서로 어색해하며 어떻게든 상황을 모면하려고 애썼다.

먹고, 쉬고, 자고, 먹고, 쉬고, 자고. 아무것도 안 해도 된다는 즐거움. 그것은 너무나 좋은 것이었다. 이대로 그냥 죽을 때까지 침대에서 뒹굴거리고 싶었다. 사람은 본디 묵묵히 서 있는 나무와 같은 존재여서 그냥 가만히 있는 게 자연의 섭리에 부합하는 것일지도 모른

156

다는 생각을 했다. 1주일까지는 그랬다. 1주일이 넘어서부터는 몸이 움직이질 못해서 안달이 나고 있었다. 어떻게 하면 조금 더 큰 반경으로 움직일 수 있을까를 생각하고 있었다. 사람은 나무가 아닌 자유자재로 움직여야 속이 시원한 바람과 같은 존재라고 생각을 고쳤다. 하지현 부장님은 2주일은 더 병실에서 후속 치료를 받아야 된다고 했다. 가끔 놀러 온 부대원들은 쉬고 있는 나를 부러워하며 은근히 놀리기도 했다. 엄길수, 엄길호 선배는 자신들도 어디가 다쳐서 어여쁘신 하지현 부장님께 매일 매일 치료받고 싶다고 했고, 그 소리를 들은 정연수 선배가 "어디를 부러트려 줄까."라며 으름장을 놓으셨다. 하윤이와 하정 씨. 그리고 그때 서구에서 같이 탈출해 온 아이들과 부모님이 병문안을 왔다. 아이들의 부모님은 연신 고맙다고 했으며, 감사의 뜻으로 부대원들이 다 같이 먹을 수 있도록 떡을 해 오셨다. 시계는 고장 났어도 세상의 시간은 흘러간다고 했던가! 2주간의 치료를 다 받고 나서야 나의 시계도 다시 돌아가기 시작했다.

　　남동연합국과 북국의 전쟁은 격화되고 있었고, 전세는 남동연합국에 불리하게 흘러가고 있었다. 서구 지역에서는 우리가 빠져나온 1주일 뒤에 전염병이 돌았다. 신종 바이러스에 의한 전염병이었다. 감염증상이 나타나면 시력이 상실되고 낮에는 죽은 것 같이 신체활동을 전혀 못 하다가 저녁이 돼서야 움직일 수 있는 병이었다. 세상의 혼란은 세 번째의 또 다른 종말을 향해서 달려가는 것 같았다.

"세정아! 지부에서 사람들이 왔어. 널 만나려고 지부장님이 직접 오셨다는데?" 김수혁 대리님이 침실로 들어와서 말했다.

"지부장님이요? 저를요?"

"어. 나도 지부장님은 오늘 처음 보게 되는 거야. VIP 접견실에서 기다리고 계셔. 같이 가보자."

"아… 네."

지부장님은 사람들과의 접촉을 극도로 꺼리시는 분이셔서, 가장 측근의 몇 명을 제외하고는 누구도 만나본 사람이 없다고 전해졌다. 그런 지부장님이 왜 나를 찾아오셨을까.

VIP 접견실에 들어서자 소파 상석에 한 분. 그리고 그 밑에 마주 보게 배치돼 있는 소파에 한 분이 앉아 계셨다. 출입문 옆에는 경호원으로 보이는 사람 네 명이 양쪽으로 서 있었다. 대리님과 나는 소파에 앉아 있는 사람들과 인사를 나누었다. 상석에 앉아 있는 사람이 지부장님이고, 그 밑에 앉아 있는 사람이 대장님이었다. 차를 마시면서 전투 상황에 대해서 간략히 얘기를 나누고 나서 지부장님이 나를 제외한 모든 사람에게 자리를 비켜달라고 했다. VIP룸은 천장 조명 없이 간접 조명과 스탠드 조명으로 방을 밝히고 있어서 은은하고 부드러운 분위기였지만 다소 어둡게 느껴지는 정도였다. 그렇다 하더라도 지부장님의 피부는 너무나 검게 보였다. 흑인같이 보이지는 않았고, 원래는 하얀 피부였는데 햇볕에 너무나도 많이 그을려서 된 것 같은 모습이었다. 검은색 중절모에 검은색 양복을 입고 있어서 피부색이 더욱 어둡게 보였다. 짧은 중절모 밑으로 모발이 보이지 않는 것으로 봐서는 대머리거나 머리숱이 없는 것 같았다.

"서구에 다녀오셨지요?"

"네." 무단으로 서구에 갔다 온 것에 대해서 질책하시려는 것 같았다. 첫 질문을 하고 나서 지부장님은 잠시 말이 없으셨다.

"지온에 있을 때 우주 공간 사이를 이동하는 여행자에 대해서 들어보셨나요?"

"아. 네."

"제가 그 여행자입니다."

"네…" 나는 여기서 여행자를 만나리라고는 생각지 못해서 조금 당황했다.

"오래 머물 수 없는 관계로 단도직입적으로 말하겠습니다." 무표정한 지부장님의 얼굴에 잠시 고심의 흔적이 스쳐 갔다.

"네. 말씀하십시오."

"마리 박사님이 우주 공간 통로에 잠시 머무를 수 있는 기술을 개발하셨습니다. 하윤이와 같이 우주 공간 통로에 가야 합니다."

"네?"

"하윤이에게 항체 R인자가 생겼습니다."

"…"

"세정 대원이 지난번 안전가옥에 머물면서 하윤이와 지낼 때 세정 대원의 면역계통이 하윤이에게 영향을 끼쳤습니다. 그 결과 하윤이의 폐질환이 완치됐지요. 그때 R인자의 초기 태동이 일어났습니다. 이번에 서구 지역에 있을 때 그곳은 이미 새로운 전염병 바이러스가 온 도시에 퍼져 있는 상황이었습니다. 어제 아침에 바이러스 키트 검사를 해서 음성이 나왔죠?"

"네."

"바이러스 잠복 기간에는 전염성도 없고 키트 검사에도 반응이 없지만 일정 기간이 지나면 급속도로 활동하기 때문에 어제 시행된 겁니다. 그날 그곳에서 탈출한 사람 모두가 어제 긴급 격리됐습니다. 세정 대원과 하윤이를 제외하고요."

"…"

"어제 하윤 이에게서 항체 R이 완전체가 되었습니다. 인류가 다시 살 수 있는 마지막 구원의 기회가 어제 찾아온 것입니다."

지부장님의 인류라는 단어가 듣기에 거북한 느낌으로 전해졌다. 지금 지구에 살고 있는 우리도 같은 사람이거늘 마치 지온에 있는 사람들만이 인류라는 뉘앙스가 말속에 깔려 있는 것 같았다.

"잘된 일입니다. 저도 지온과 지금 숨 쉬고 있는 지구의 존속을 위해서 이제껏 목숨을 다해서 뛰었습니다. 근데… R인자가 하윤 이에게서 생겨나게 될 줄은 생각지 못한 터라 조금 당황스럽습니다.

그래서 말씀입니다만 하윤이가 직접 우주 공간 통로까지 가야 되는 이유가 있습니까? 혈청만 채취해서 가져가면 안 되는 건가요?"

"네. 안 됩니다. 항체가 인체 밖에서 어떤 변형을 일으킬지 모르기 때문에 우주 공간 통로의 우리 우주함선에서 채취가 즉시 돼야 합니다."

"… 시간을 좀 주십시오. 하윤이와 하윤이 언니도 설득을 해야 합니다."

"네. 알겠습니다. 우리에게 주어진 마지막 기회이고 다른 선택의 여지가 없다는 점 숙고하기 바랍니다."

"알겠습니다. 대신 하윤이의 안전은 확실히 보장되어야 합니다."

"걱정하지 마십시오. 기한은 이틀 내에 부탁드립니다."

"네…"

걱정하지 말라는 지부장님의 말이 있었지만 왠지 모를 석연치 않은 느낌이 마음을 가득 메웠다. 세상의 우여곡절들은 왜 이리 복잡하게 엮여 있는 필연의 사슬이 되어서 부딪혀야만 직성이 풀리는가! 시험에 빠트리기를 좋아하는 운명이라는 놈이 장난으로 엮어놓은 사슬일 것이다. 지온에게 하윤이는 마지막으로 부여잡을 동아줄인 것이다. 그 동아줄을 내리기 위해서 이제껏 나도 목숨을 걸고 살아왔다. 하지만 왜 하필 하윤이에게 인가! 지온의 명령을 거부할 수도 없다. 내가 항거한다 해도 그들은 항체 R을 구하기 위해서 모든 방법을 동원할 것이기 때문이다. 하윤이의 안전이 모든 것에 우선해야 한다. 하윤이는 내가 꼭 지킬 것이다.

30분이 넘게 정적이 흘렀다. 서로의 한숨만 간간이 들리고 있었다. 재수 시절부터 이제껏 내가 겪어온 모든 일들을 하정 씨에게 말해주었다. 하정 씨는 믿을 수 없다는 표정으로 그만 놀리라고 했지만, 미안함이 가득 차서 고심하는 나의 태도를 보고는 점차 얼굴이 굳어졌다. 침묵과 함께 먹먹한 답답함이 가슴을 짓누르고 있었다.

"거절한다 해도 그들이 무슨 수를 쓰든 강제로 데려갈 수 있다는 거죠?"

"네…."

내 대답을 들은 하정 씨는 눈을 감고 두 손을 모아서 얼굴 앞에 갖다 대었다.

"그렇게 하겠어요. 저는 세정 씨를 믿습니다. 세정 씨가 아니었다면 하윤이는 지금 우리 곁에 없었을 겁니다."

"감사하고 죄송합니다. 제가 무슨 일이 있어도 하윤이는 꼭 지키겠습니다."

"하윤이에게도 물어봐야 합니다. 아이의 결정이 무엇보다 중요해요."

하정 씨는 방에 있는 하윤이를 불러서 하윤이가 알아들을 수 있게끔 상황에 대해서 쉽게 설명했다.

"네. 저 갈 수 있어요. 우주를 날아가면 정말 신날 것 같아요. 그리고 세정 아저씨도 함께 가잖아요." 하윤이는 천진난만하게 놀이 공원에 놀러 가는 것처럼 신나 했다. 하윤이가 기뻐하는 모습을 보니 마음이 더 무거워졌다. 그렇게 우주 공간 통로에 가는 것으로 결정됐다.

부대에서 하정 씨와 대원들의 배웅을 받으며 하윤이와 나는 헬리콥터에 탔다. 하윤이는 벌써부터 신이 나 있었다. 우주비행선은 적도의 어느 사막 가운데 있다고 했다. 헬리콥터로는 갈 수 없는 거리여서 비행장에서 비행기로 갈아타야 했다. 하윤이는 태어나서 처음으로 비행하는 것이어서 모든 것을 신기해했다.

"우와. 아저씨. 저기 구름 좀 보세요. 구름을 이렇게 가까이에서 보는 것은 처음이에요."

"좀 있으면 구름보다 더 높이 올라갈 거야."

"아저씨! 구름도 솜사탕처럼 달콤할까요?"

"바닷물이 올라와서 만들어진 구름이라서 아마 짭짜름할걸?"

"푹신푹신한 이불 위에서처럼 방방 뛸 수 있을 거 같아요."

"하윤이가 무거워서 밑으로 쏙! 빠지면 어떻게 하려고 그래?"

"아저씨가 날개 달린 신발 신고 날아와서 구해주실 거잖아요."

"아… 날개 신발은 그만 잊자 하윤아. 그 날 아저씨가 너무 높이 날아서 날개가 떨어졌어요."

"피…." 하윤이는 날개 신발을 신을 수 없다는 말에 토라져서는 말없이 창밖을 다시 구경했다. 구경하는 것도 잠시뿐이었다. 비행이 피곤했는지 내 어깨에 기대어 잠이 들었다. 코를 쌔근쌔근 골며 고사리 같은 두 손으로 내 팔뚝을 꼭 움켜지고 있었다. 이번 일은 그냥 병원에 가서 피검사를 하는 것 같이 가볍게 끝내고 왔으면 하는 바람뿐이었다.

활주로의 끝부분에 모래색과 구분이 안 가는 색으로 위장이 된 자그마한 건물 한 채가 있었다. 이곳이 우주비행선 이착륙장이라고 했다. 건물 내부에 들어서자 별다른 시설 없는 바닥 위에 동그란 원반같이 생긴 우주선 두 대가 보였고, 그 옆에 지부장님과 수행원들이 보였다.

"안녕하십니까! 지부장님."

"반갑습니다. 세정 씨." 지부장님은 무표정한 얼굴로 인사를 받아주었다. 그렇다고 예의가 없거나 기분이 언짢은 모습은 아니었다.

"하윤아 인사드려. 우리 회사 지부장님이셔."

"안녕하세요. 지부장님." 하윤이가 허리를 푹 굽히며 인사했다.

"반갑습니다. 하윤 양. 자! 이거." 지부장님이 요즘은 구할 수도 없다는 종합과자 세트를 내밀었다. 하윤이는 내 눈치를 살짝 봤고, 나는 고개를 끄덕여 주었다.

"저 주시는 거예요?"

"네. 우주여행 하는 길에 맛있는 과자까지 있으면 더 즐거울 겁니다."

"감사합니다. 지부장님."

"자! 그럼 우주선 안으로 오를까요?"

우주비행선은 폭 9미터, 높이 3미터 정도의 크기로 그리 크게 보이지 않아 보였고 여덟 명까지 탑승이 가능하다고 했다. 외관은 빛을 반사하지 않는 거무튀튀한 금속으로 되어 있었고, 가로로 기다란 창이 둥그런 우주선의 형태를 따라서 둘러져 있었다. 조종사 두 명과 나와 하윤이. 지부장님과 수행원 세 명이 우주선 안으로 올랐다. 둥그렇게 둘러져 있는 창문을 따라서 편하게 보이는 비행 의자들이 놓여 있었다. 비행 방향과 상황에 따라서 우주선의 외부 테두리 부분을 제외한 가운데 부분이 360도 회전이 가능하다고 했다. 우주선 내부는 지구와 같은 기압과 중력으로 조절이 되기 때문에 우주복 같은 것은 필요 없다고 했다.

"자. 이제 출발하겠습니다. 자동차와 같은 승차감이니 편안한 여행되시길 바랍니다. 단, 우주 공간 통로에 들어설 때는 중립 환경으로 변화되기 때문에 약간의 현기증이 날 수 있으니 너무 놀라지 않길 바랍니다." 말을 마친 조종사가 간단한 안내를 몇 가지 더 알려 줬다. 과자상자를 벌써 열어서 먹고 있던 하윤이가 신나 하면서 엉

덩이를 들썩거렸다. 잠시 후 우주선이 이륙했다. 우주선은 수평을 유지하면서 수직에 가까운 각도로 이륙했다. 금세 대류권을 통과하고 있었다.

"아저씨! 저기 비행기도 지나가요." 비행기가 우리와 근접하게 지나가고 있었다. 아주 가까운 거리였지만 이 우주선은 신호에 잡히지 않는 스텔스 기능과 사람의 눈으로 식별되지 않는 인비저블 기능이 있다고 했다. 우리는 금세 대기권을 빠져 나와서 우주로 진입했다.

"TV에서 봤었는데 이렇게 실제로 지구를 보니 정말 아름다워요. 아저씨."

"하윤아! 저기 봐봐! 고래 가족이 헤엄쳐 가네?"

"정말요? 어디요? 거짓말하지 마세요. 아저씨."

"아… 말하는 사이에 바닷속으로 들어가 버렸네."

"피…"

하윤이는 한차례 피식거리고는 다시 창밖을 바라보며 펼쳐있는 우주의 모습에 감탄하고 있었다. 내가 처음 우주를 봤을 때와 같은 감동을 느끼고 있을 것이다. 그때 이후 벌써 5년이 흘렀다. 지온의 시간으로는 2개월이 채 안 된 시간이다. 내가 마리를 그리워한 만큼 마리도 나를 보고 싶어 했을까? 잠시 후면 마리를 만나게 된다.

우주 공간 통로에 이르자 순양함 크기의 우주함선이 우리를 기다리고 있었다. 우리 우주선이 접근하자 우주함선은 격납고의 해치를 열어주었다. 우주비행선에서 내린 우리는 미리 기다리고 있던 승무원에 의해 전략회의실까지 안내되었다. 전략회의실은 함선의 조타실보다 약간 높게 위치하고 있었으며, 계단 아래로 보이는 조타실에는 조종사들이 자리에 앉아 있었다. 우리와 같이 온 조종사들은 조타실로 내려가서 동료들과 반가운 인사를 나누었다. 지부장님과 나와 하윤이는 타원형으로 배치된 의자에 마주 보고 착석했다. 의자 옆에는 조그만 1인용 탁자가 하나씩 놓여 있었다. 함선에 있던 경비대원들이 우리 자리의 뒤쪽과 출입구 쪽에 배치해 섰다. 잠시 후에 함장실에 있던 마리가 이곳으로 내려온다고 했다. 가슴이 떨린다고 해야 할지 설렌다고 해야 할지 생소한 긴장감이 생기고 있었다. 얼마 후 전략회의실의 출입문이 열렸다. 마리가 걸어 들어왔다. 우리는 눈이 마주쳤다. 마리의 얼굴에 환한 미소가 가득 지어졌다. 5년 만에 보는 변치 않은 모습. 어떨 때는 얼굴 모습이 잘 생각나지 않을 때도 있었는데, 그 희미했던 얼굴이 마치 어제 보고 지금 또 보는 것처럼 느껴졌다. 나는 웃어 보이지 못하고 긴장한 얼굴 표정으로 마리의 눈만 그저 쳐다보고 있었다. 마리는 내게 다가와서 다정하게 포옹하며 인사해 주었다.

"세정 씨… 오랜만이에요. 전에 비해 너무나 의젓해지신 모습이에요." 마리의 기쁨을 감추지 못하는 환한 얼굴에 나도 그제야 긴장이 풀리며 어색한 표정으로나마 웃어 보일 수 있었다.

"네. 오랜만이네요. 마리는 하나도 변하지 않았어요. 저를 보는 것이 두 달 만이겠죠?"

"…." 내 말을 들은 마리는 떨리는 눈으로 말이 없었다.

"제가 보낸 5년은 정말 오랜 시간이었습니다." 마음과 다르게 내 입에서는 엉뚱한 말들이 튀어나오고 있었다. 마치 고생은 나 혼자 하고 온 것처럼 빈정거리는 말이었다. 그냥 만나서 반갑고, 기쁘다고 하면 되는데 왜 이상한 말이 나왔는지 모르겠다.

"아시겠지만 지금 지온의 상황은 절명의 순간에 있습니다. 제가 보낸 두 달은 하루를 한 달처럼 보냈어요. 그러니 우리가 서로 보낸 시간은 같은 거네요?"

말을 마친 마리는 다시 환하게 웃어 보였다. 마리의 말을 듣고 보니 얼굴이 전보다 많이 야위어 보였다. 마리도 힘든 시간을 보냈을 걸 미처 생각지 못한 내가 부끄러워졌다. 잠시 옹졸한 마음이 들었던 나와는 반대로 마리는 강인하고 성숙한 미소를 내게 보이고 있었다.

"아… 그게 그렇게 되네요… 죄송합니다. 제가 마음과 다르게 이상한 말이나 꺼내버렸네요. 근데… 왜 예전과 같지 않게 존댓말을 쓰시는 거죠?"

"네? 제가 반말을 했었나…." 마리의 창백하게 하얀 얼굴에 잠시 홍조가 올라왔다.

"여기 계신 공주님이 하윤이구나? 난 마리라고 해." 마리가 하윤이를 보며 인사했다.

"네. 안녕하세요. 손하윤 입니다. 오는 길에 세정 아저씨가 박사님 얘기를 해주셨어요."

"설마 내 흉을 보지는 않았겠지?"

"아니에요. 아저씨보다 나이는 많은데 귀여워 보이는 박사님이라고 하셨어요."

"귀엽다고 했다고?" 마리가 나를 슬쩍 흘겨보았다. 나는 어색한 손사래를 치고는 머쓱하게 이마를 문질렀다. 우리는 다 같이 앉아서 따뜻한 차를 마시며 그동안 서로 지내온 일들과 소소한 얘기를 했다.

"여기 우주 공간 통로에 오래 머무를 수는 없습니다. 그래서 말인데 이제 채혈을 시작해야 합니다." 지부장님이 낮게 깔린 건조한 음성으로 말했다.

"어디서 하실 건가요?" 내가 물었다.

"전략회의실에서 나가면 왼편에 무균실이 있어요. 그곳에서 할 거예요." 마리가 말했다. 다른 사람들이 들었을 때는 평소와 같은 말투였겠지만 나는 마리의 말투에 미세한 떨림을 감지했다.

"저도 하윤이와 같이 가겠습니다."

"그건 안 돼요. 그곳은 항체 R을 지닌 사람을 제외하고는 아무도 들어갈 수가 없어요."

"그럼 채혈은 누가 하죠?"

"로봇이 할 거예요."

나는 이상한 분위기를 감지했고, 기원력을 조심히 끌어올렸다.

"저는 무균실 밖에서라도 로봇이 채혈을 제대로 하는지 꼭 봐야겠습니다." 분위기가 싸늘해졌다. 경비대원들이 소지하고 있던 총기를 고쳐 잡았다. 하윤이 뒤에 있던 경비대원이 하윤이의 팔을 잡아서 일으키려고 했다.

"잠깐!" 나는 전광석화처럼 하윤이에게 다가가서 하윤이를 끌어안았다. 동시에 뒤에 있던 경비대원을 가격하여 총을 뺏었고, 곧바로 마리 옆으로 이동해서 마리의 관자놀이에 총을 겨누었다. 이 상황은 2초가 걸리지 않았다.

"모두 그 자리에서 움직이지 마세요." 나는 가능한 위협적인 말투로 말했다.

"여기 마리 박사가 죽게 된다면 아마도 항체 R을 성공적으로 진행시키기 힘들 겁니다. 마리 박사의 생명을 보존하고 싶다면 다들 꼼짝 말고 계세요."

"세정 씨… 진정하고 제 말을 들어보세요." 마리가 나를 진정시키려는 듯 차분하게 말했다.

"듣고 싶지 않습니다." 나는 단호하게 말한 뒤 조타실을 향해서 우리하고 같이 온 조종사를 불렀다.

"당신은 저쪽으로 10미터 앞에 서 계세요. 제가 말하는 즉시 우리가 타고 온 우주선으로 뛰어가서 이륙 준비를 하셔야 합니다."

"네…." 조종사가 겁에 질려서 대답했다.

"세정 대원. 진정하고 총을 내려놓으세요. 아무리 전투 실력이 좋다고 해도 여기서 그 총 한 자루 가지고 빠져나갈 수 없습니다." 지부장이 말했다. 나는 왼손으로 허리끈의 버클을 떼 내어 천장을 향해서 치켜올렸다. 전날 전도진 선배에게 간곡히 부탁해서 어렵게 만들어 낸 것이었다.

"압축 TNT 폭탄입니다. 스위치 한 번 누르면 이 함선은 걸레가 되겠지요. 모든 것이 끝입니다. 자 이제 어떻게 하시겠습니까?"

옆에 서 있던 하윤이가 두 손으로 내 허리춤을 꼭 붙잡고 떨고 있었다. 나는 말을 마친 뒤 조종사에게 출입문을 열고 문 앞에 위치해 있으라고 했다. 나는 마리에게 총을 고정시킨 채 출입문 쪽으로 같이 따라오게 했다. 폭탄을 쥐고 있는 손을 앞으로 내밀어서 언제든지 스위치를 누를 수 있다는 암시를 주었다. 하윤이는 내 옆에 바짝 붙어서 따라 왔다. 그런 나를 보며 지부장이 말을 꺼냈다.

"세정 대원. 잠시만요. 이렇게 탈출하는 게 잘하는 일이 아닙니다. 만약에 우리가 항체 R을 확보 못 하거나, AI왕이 지구를 차지하게 된다면 우리는 프로젝트 7단계를 시행할 수밖에 없습니다. 지구를 한순간에 사라지게 할 수 있는 중력탄이 지구 내부의 공동에 설치돼 있단 말입니다. 무슨 말인지 아시겠죠? 그러니 이렇게 지구로 돌아가 봐야 아무런 소용이 없어요."

"뭐라고요? 이 사람들이 정말…."

"진정하세요. 세정 대원. 그리고 지금부터 제가 하는 말을 듣고 흥분해서 순간의 과오를 저지르면 안 됩니다. 사실 항체 R은 혈청 속에 존재하는 것이 아닌, 하윤이 자체가 항체 R인 것입니다. 그러기에 하윤이의 모든 육체가 일순간에 항체로 전환되어야 합니다…." 지부장의 말은 실로 엄청난 충격을 내게 주었다.

"뭣이? 이 작자들이 지금 단단히 미쳤네."

"세정 씨. 잠시만 내 말 좀요." 격분하고 있는 내게 마리가 말을 꺼냈다.

"저희도 항체 R이 이런 식으로 나타나게 될 줄은 전혀 몰랐습니다. 하윤이는 저희에게 마지막 남은 희망이 된 거예요. 그 희망이 어떻게 만들어진 걸까요? 세정 씨가 하윤이와 만나게 된 순간부터 싹트기 시작했던 겁니다. 이제 와서 누구의 잘못으로 돌리며 탓하는 것은 아무 의미가 없습니다. 지난 5년간 귀에 못이 박히도록 교육받으며 철저하게 몸에 새겨 넣었던 '모든 것보다 조직이 우선 한다.'라는 규칙 1번을 잊으셨나요? 사랑하는 가족과 인류를 지키기 위해서 세정 씨 스스로 다짐했던 거예요. 이제 지온과 지구를 살리기 위해서 하윤이의 고귀한 희생이 필요합니다."

"나 무서워요. 나 무서워요. 아저씨." 하윤이가 들릴 듯 말 듯 한 목소리로 말하며, 나를 꼭 부여잡고는 눈물을 주룩주룩 쏟아내고 있었다.

"하윤아 괜찮아. 아저씨가 꼭 지켜줄게."

모든 것이 내 탓이었다! 내가 무슨 짓을 한 것인가! 참을 수 없는 분통이 치밀어 오르고 있었다. 힘든 결정으로 안타까운 말을 하고 있는 마리의 얼굴도 금세 터질 것 같은 표정으로 일그러져 있었다. 얼음 호수 위에서 처절하게 괴로워하던 백조의 모습이 떠올랐다. 그런 백조가 날아가는 곳이 폭풍 속의 어둠이든, 푸른 바다 곁의 낙원이든지 간에 나도 함께 날아가기로 결심했었다. 마리에 대한 믿음과 그 결심은 어찌해야 한단 말인가! 지구에는 사랑하는 가족과 수많은 사람이 있다. 지온에도 마리와 함께 종말을 필사적으로 벗어나려는 수많은 사람이 있다. 모든 사람들이 절규하는 모습과 하얀 솜구름 위에서 폴짝폴짝 뛰어노는 하윤이의 모습이 겹치며 떠올랐다. 나는 어떤 선택을 해야 하는가! 죽어서라도 이런 가혹한 인연의 끈을 묶어놓은 운명이라는 놈은 내가 세상 끝까지 쫓아가서라도 책임을 물을 것이다. 나는 폭탄의 스위치 위에 엄지손가락을 갖다 올렸다. 경비대원들도 내게 겨누고 있는 총을 고쳐 잡았다.

"최종 결정을 말하겠습니다. 하윤이와 저는 이곳을 떠나서 지구로 복귀합니다. 하윤이가 지구에 있는 한 중력탄을 함부로 터트릴 수는 없을 겁니다. 하윤이 한 사람의 희생과 수많은 당신들의 존재 가치를 비견하지 마십시오. 당신들이 자행해 온 역사의 대가는 당신들이 스스로 치르기 바랍니다. 우리 지구에 대해서도 마찬가지입니다. 마리에게는 구차한 변명하지 않겠습니다. 차원의 굴레에서 벗어나 다른 세상에서 만나게 된다면 그곳에서 용서를 구하겠습니다. 제가 하윤이에게 영향을 준 것 또한 제가 책임지겠습니다. 하윤이는 제게 우주의 모든 것보다 소중한 사랑입니다. 죽는다 해도 제가 끝까지 함께 있을 겁니다. 더 이상 앞길을 막지 마십시오. 가자! 하윤아." 출입구를 나가려는 나를 향해서 경비대원들이 방아쇠에 손가락을 올렸다.

"모두 멈추세요!" 마리가 큰소리로 외쳤다.

"모두 총을 버리세요." 마리의 말을 들은 경비대원 모두가 일제히 총을 바닥에 내려놨다. 나는 갑작스러운 마리의 결단에 우리를 순순히 보내주는 것이라고 생각했다.

"세정 씨도 폭탄과 총을 내려놓으세요." 마리가 나를 응시하며 거짓 없고 진실된 마음으로 말하겠다는 눈빛을 전달하고 있었다. 나는 마리의 그 진심을 거부할 수 없었다. 손을 밑으로 떨궜지만 폭탄과 총을 바닥에 내려놓지는 않았다.

"세정 씨! 노여워 말고 제 말을 잘 들어야 해요. 북국의 마지막 총력 공격이 임박했어요. 지금도 열세로 밀리고 있는 상황에서 이번 공격을 받으면 그냥 끝이 나는 겁니다. 2주 후에는 남동연합국 내에서도 전염병이 급속도로 번지기 시작할 겁니다. 북국이 공격하기 전에 남동연합국이 먼저 모든 역량을 모아서 선제공격해야 합니다. 우리 대원들이 선봉에 서야겠지요. 그중에서도 세정 씨가 제일 앞에 있게 될 겁니다. 세정 씨는 필히 AI왕 말라키를 대면하게 되요."

"말라키라면 혹시 제가 지난날 꿈속에서 봤던…."

"네. 맞아요. 말라키가 세정 씨의 뇌파를 타고 접근했어요. 세정 씨에게서 이상 신호를 감지하고 제가 세정 씨 손목 위에 삽입된 칩을 통해서 메시지를 전달한 거예요."

"…." 그때의 일은 고마웠지만 그렇다고 지금 감사의 말을 할 수는 없었다.

"말라키를 직접 대면하게 된다면 그때 꿈속에서의 상황은 비교할 수 없을 만큼의 고통과 혼탁한 마음이 생기게 될 거예요. 세정 씨가 말라키에게 넘어가면 지구는 그 순간 말라키의 세상이 되는 거죠. 세정 씨는 조금 전 조직에 대한 충성심으로 그동안 소중히 지켜왔던 믿음과 신뢰보다는 사랑을 선택했습니다. 정말 어려운 선택을 하셨어요. 세정 씨가 가지고 있는 그 사랑이 없다면 말라키는 절대 이길 수 없습니다. 세정 씨가 오늘 사랑 대신 조직을 선택했다면 우리는 이번 작전에서 세정 씨를 배제 시켰을 겁니다."

"뭐라고요?" 나는 마리의 말을 듣고서 지금 이 상황이 무슨 일인가 했다.

"지금 저를 테스트했다는 겁니까?"

"정말 무례했어요. 세정 씨. 깊이 사과드립니다. 저희도 이 방법을 선택하기까지 많은 고심을 했습니다. 그러나 이번 일은 지구의 존폐가 걸린 일입니다. 시간이 조금 지나서 마음이 진정 되시면 세정 씨도 이해해 주시리라 믿습니다." 마리의 말이 끝나자 주위 사람들 모두가 송구한 표정을 내게 보이고 있었다. 나는 기가 찼지만 한편으로 다행이라는 생각이 곧바로 들었다.

"제가 정말 폭탄이라도 터트렸으면 어쩔 뻔했습니까?"

"하윤이가 옆에 있는데 세정 씨가 절대 그럴 일은 없죠. 그리고 혹시 생길지 모를 사고에 대해서 만반의 응급의료 준비를 하고 있었습니다."

"아… 저는 정말 십년감수 했습니다. 그럼 하윤이에게 무엇을 어떻게 하실 거죠?"

"헌혈할 때보다 작은 용량의 피를 조금만 빼면 됩니다. 방법도 아주 간단하구요. 하윤이는 지금 아무것도 들리지 않아요. 하윤이가 아까 마신 차에 청각을 잠시 차단하는 약물을 넣어뒀습니다. 지금과 같은 대화 내용을 안 듣는 편이 좋으니까요."

하윤이는 이제껏 아무것도 안 들리는 중에 돌아가는 상황을 짐작하며 겁을 먹고 있었다. 이런 상황에서 자신의 귀가 안 들린다고 보채면 나에게 방해가 될 것이라는 생각에 꾹 참고 있었을 것이다. 마리가 경비대원 한 명에게 청각차단 해제 약물을 가져오라고 했다. 경비대원은 잠시 후 투명한 잔에 물을 가져왔다.

"하윤아. 이 물 좀 마셔." 마리가 물 잔을 하윤이에게 건넸다. 하윤이가 내 눈치를 봤다. 나는 괜찮다는 말과 마셔도 된다는 시늉을 해 보이자 하윤이는 물을 천천히 마셨다. 잠시 후 하윤이는 손바닥으로 귀를 탁탁 쳐보았다.

"어? 이제 소리가 들려요. 지금 무슨 일이 있었던 거예요? 아저씨! 저 무슨 큰 일 생긴 줄 알고 얼마나 무서웠다고요."

"이제 괜찮아 하윤아. 별일 아니었어. 이분들이랑 아저씨가 잠깐 오해가 있어서 그랬어."

"정말이에요? 그럼 이제 괜찮은 거죠?" 나는 정말 괜찮다며 하윤이를 안심시켜 주었다.

"아까는 정말 미안했어 하윤아. 너희 지구를 위해서 어쩔 수 없는 상황이었다는 것을 이해해 주겠니?" 마리가 하윤이에게 말했다.

"잘은 모르겠지만 지구를 위해서라니까 이해한다고 할게요."

"고마워. 하윤아. 시간이 많이 지체됐는데 이제 저희에게 피를 조금만 나눠 주실 수 있겠습니까?"

"아프지 않은 거죠?"

"걱정 안 해도 될 만큼 아주 조금 따끔한 정도예요."

"알았어요. 그럼."

"자. 무균실로 가실까요? 세정 씨도 같이 오셔도 됩니다."

"제가 당연히 같이 가야죠."

우리는 무균실로 이동했다. 환복을 할 필요는 없다고 했다. 무균실 가운데에 의료용 침대가 놓여 있었다.

"하윤아 이쪽으로 와서 누울래? 그리고 걱정하지 마. 정말로 안 아프니깐."

"네."

마리는 침대에 누운 하윤이의 한쪽 팔 소매를 걷어 올렸다. 그리곤 채혈 장비가 올려져 있는 바퀴 달린 선반을 끌어와서 하윤이의 팔을 장비 안으로 집어넣었다. 채혈 장비는 투명한 유리관으로 되어 있어서 내부가 훤하게 잘 보였다.

"소독과 순간 마취입니다." 마리가 장비의 소독/마취 버튼을 누르자 장비에서 '쉭' 소리가 나면서 파란색 연기가 뿜어져 나왔다가 금세 빨려 나갔다.

"이제 채혈합니다." 장비 내부의 한쪽에 세워져 있던 바늘 달린 조그만 로봇 팔이 부드러운 동작으로 움직이더니 하윤이의 정맥을 정확히 찔러서 채혈했다. 100ml 정도의 피를 뽑았다.

"소독과 지혈합니다." 이번에는 분홍색 연기가 뿜어져 나왔다가 빨려 나갔다.

"끝! 간단하죠. 공주님?" 마리는 장비가 놓인 선반을 움직여서 하윤이의 팔을 밖으로 꺼냈다.

"네. 하나도 안 아팠어요. 이제 저희는 가도 되는 거예요?"

"그래도 피를 뽑았으니까. 이것 좀 마시고 조금만 쉬었다 출발하는 걸로 하자." 마리는 주스 같은 것을 하윤이에게 건넸다.

"잠깐!" 나는 지온에서 먹었던 주스 맛이 갑자기 떠올라서 마리를 보며 소리쳤다.

"이거 또 맛이 이상하고 그런 거 아니죠?"

"그런 거 아니에요. 달달한 딸기 맛입니다."

"정말요?"

"네." 우리가 말하는 사이에 하윤이는 벌써 음료를 마시고서는 맛있어했다. 마리는 하윤이의 입가에 묻은 음료를 허리 숙여서 냅킨으로 닦아 주고는 한쪽 무릎을 꿇고 앉아서 하윤이와 눈높이를 맞췄다.

"우리 지온의 모든 사람들을 대신해서 제가 감사의 인사를 드립니다. 정말 고맙습니다. 공주님!"

"괜찮아요. 박사님. 제가 피를 조금 뽑은 거밖에 없는 데요."

마리는 주머니에서 얇고 기다랗게 생긴 보석함 같은 상자를 꺼냈다. 상자를 열자 목걸이가 보였고, 마리는 목걸이를 꺼내서 하윤이 목에 걸어주었다. 금으로 세공된 목걸이 줄 가운데에 영롱하게 보라색으로 빛나는 광석이 조각되어 달려 있었다.

"사용되지 않은 생체석으로 만든 펜던트 목걸이야. 생체석은 영혼이 머무를 수 있는 신비한 돌이란다. 전 우주에서 마지막으로 남아 있는 광석이니까 절대 잊어버리면 안 돼 하윤아." 하윤이는 고개를 숙여서 목걸이의 펜던트를 손으로 집어 올려 보고는 무척 좋아했다.

"이렇게 신기한 돌도 있어요? 고맙습니다. 박사님. 잘 간직할게요."

"하윤이가 우리에게 준 것에 비하면 아무것도 아니야. 하윤아! 조금 어지러울 수도 있으니 저기 의자에 앉아서 10분만 쉬었다가 출발하도록 하자."

"네."

하윤이가 쉬는 동안 마리와 나도 창가에 마련된 테이블 쪽으로 가서 앉았다. 창밖으로 우주가 내다보였다.

"이렇게 앉아 있으니까 제가 지온을 떠나기 전날 레스토랑에서 식사했던 때가 생각나네요. 저는 맛없는 에너지 식량만 조금 먹었었죠."

"후후후. 맞아요. 그랬죠. 마치 그 날이 어제 같네요. 그때 마주한 앳돼 보이던 청년은 이렇게 늠름하게 변했지만요."

"늠름이라뇨… 놀리지 마세요."

"아니에요. 정말로…." 마리는 순진한 모습으로 무슨 변명을 하려다가 말끝을 흐리고는 어색하게 고개를 창밖으로 돌렸다.

"이제 어떻게 되는 거죠?" 내가 물었다.

"뭐가요?"

"지온과 지구에서 앞으로 있게 될 일이요." 마리는 잠시 생각에 잠겼다가 조금 전과 다르게 진지한 표정으로 입을 열었다.

"음… 결론부터 말씀드리면 이제 이 우주 공간 통로는 폐쇄될 겁니다. 지구의 시간으로 50여 년이 지나면 지구는 아마도 우리와 같은 수준의 과학 기술력을 갖추게 될 겁니다. 그때가 되면 우리의 존재를 찾으려 할 수도 있겠죠. 정확한 좌표를 알고 있는 우리 쪽에서는 통로를 다시 열 수도 있겠지만, 지구에서 우리의 위치를 찾는 것은 불가능할 겁니다. 전 우주에서 모래 한 알 찾는 것과 같은 경우니까요. 그래도 만에 하나를 대비해서 통로를 폐쇄하는 겁니다. 통로 폐쇄와 동시에 본부와 지부의 관계도 종료되겠죠. 지부는 새로운 지부장을 필두로 독자적으로 운용될 겁니다. 지금 지구에서는 북국과의 마지막 대전을 위해 지부의 모든 대원들이 총력을 기울여서 작전 준비를 하고 있습니다. 세정 씨가 돌아가게 되면 작전이 곧 수행될 겁니다. 마지막 전쟁에서 꼭 승리하시길 바랄게요. 그리고 선한 방향의 발전이 있기를 희망합니다."

"지구 내부에 비어 있는 공동에 중력탄은 정말로 존재하는 건가요?"

"네."

"사용하실 건가요?"

"음… 말라키가 지구를 지배한다든가, 다른 안 좋은 방향이 전개된다면 사용될 수도 있습니다."

"지금 지온의 기술력으로 말라키를 없애는 것은 안 되는 건가요?"

"말라키 본체 하나라면 가능합니다. 하지만 지금은 말라키의 섹터들이 수만 분으로 분절되어 전 지구에 퍼져 있기 때문에 불가능합니다. 역으로 저희의 위치가 노출될 수도 있고요. 현재로서는 물리적 방법으로 말라키 본체를 먼저 파괴시킨 뒤 후속처리를 하는 방법밖에 없습니다." 마리가 입구를 지키고 있던 경비대원에게 신호를 보내자 그 사람은 밖으로 나간 뒤 잠시 후 조그만 받침대를 들고 다시 들어왔다. 경비대원은 우리 쪽으로 와서 받침대를 탁자에 조심히 내려놓고는 다시 출입구 쪽으로 가서 섰다. 받침대 위에는 메모리카드 하나와 작은 약병 2개가 놓여 있었다.

"이 약병과 카드를 지부에 전달해 주세요. 노란색 약은 지금 돌고 있는 전염병에 대한 백신이고, 파란색은 치료제입니다. 카드는 말라키 본체가 파괴된 뒤에 지구 전체의 유, 무선 영역으로 송출되어야 할 말라키의 잔해 제거 프로그램입니다. 잔해 제거 작업은 엄청난 노력으로 지속적으로 해야 합니다. 저희도 아직 초대 AI왕 엘리사의 잔해를 찾고 있으니까요. 저희가 드릴 수 있는 조력은 여기까지입니다. 인류의 승리와 선한 번영을 기원하겠습니다."

"감사합니다. 이제 정말 안녕이군요."

"네…."

마리와 지부장님이 격납고에 있는 우주비행선까지 배웅 나왔다.

"잘 가요. 공주님!"

"박사님도 안녕히 가세요."

"아! 세정 씨. 하윤이 언니와 세정 씨의 부모님. 그리고 보송이와 하숙집 아주머니도 지부의 지하대피소에 안전하게 모셨으니 너무 염려 마시구요. 그리고… 꼭 무사하셔야 합니다."

"네. 고맙습니다. 많이 보고 싶을 거예요." 우리는 짧은 포옹을 하고 떨어진 뒤 가볍게 악수했다. 마리는 악수하고 있는 반대편 손으로 내 손목 위에 있는 흉터를 손가락으로 살며시 스쳤다. 손가락의 온기가 마음속에도 훑고 지나가는 것 같았다. 살아 있음에도 다시 볼 수 없다는 전제가 맺어진 헤어짐은 왜 이리도 냉혹한 것일까!

"잘 가요. 세정 씨."

"네… 마리도…."

애석함을 뒤로 한 채 나는 하윤이와 함께 우주비행선에 올랐다.

배웅 나온 사람들과 우리는 우주비행선이 이륙할 때까지 창문 사이로 서로 손을 흔들어 주었다. 지부장님은 예의를 갖춘 동작으로 중절모를 벗어서 가슴에 붙이고 허리를 굽혀서 인사했는데, 나는 하마터면 실소할 뻔했다. 검은색 피부의 대머리 한가운데에 조금 있는 머리털을 삐죽 올려서 정성스레 묶어놨기 때문이었다. 마지막 이별의 손짓은 그리 오래 걸리지 않았다. 우주함선의 격납고 문이 열리자 우리의 우주비행선은 우주로 부드럽게 빠져나갔다.

"아저씨! 박사님하고 무슨 사이에요? 박사님 좋아해요?"

"어? 아… 아니야… 무슨…."

"그 말 정말이죠? 알았어요. 우리 언니한테는 비밀로 해둘게요."

아쉬움을 남기고 지구로 돌아간다. 남겨두었던 아쉬움을 언젠가 다음에는 다시 되찾을 수 있을까? 이 광활한 우주에서 내 조그만 마음을 다시 찾을 수 있다면, 그것은 바로 짓궂은 운명의 끈이 또 다른 장난을 위해서 버티고 있어준 덕이리라.

최후의 결전

지구에 있는 우주비행선 이착륙장에 도착해서 비행기와 헬리콥터를 갈아타고 지부에 도착했다. 지부의 지하대피소는 축구경기장 1개 면적에 달했고, 지하 1층이 지상으로부터 70미터 아래에 위치해 있는 지하 4층으로 되어 있었다. 지하 1층은 작전실과 상황실 그리고 무기 창고가 있었다. 지하 2층과 지하 3층이 거주자 생활공간이었고, 지하 4층에 식료품창고와 생활비품실 등이 있었다. 부모님과 하정 씨, 하숙집 아주머니는 지하 2층에 B구역으로 배정받아 있었다. 하윤이를 먼저 하정 씨에게 데려다주었다.

"언니!" 하윤이가 하정 씨를 보자 반갑게 뛰어갔다.

"하윤아! 잘 다녀왔어? 어디 다친 데는 없는 거지?"

"괜찮아. 아무렇지도 않아. 자! 봐봐." 하윤이는 두 팔을 씩씩하게 벌려 보였다.

"걱정 많으셨죠. 하정 씨."

"네. 많이요. 노심초사 안절부절 있다가 지구로 무사히 복귀하고 있다는 연락을 받고서야 한 시름 놓았어요."

"걱정 끼쳐드려서 정말 죄송합니다."

"이제 괜찮아요. 하윤이만 무사하면 됐어요."

"그럼 이제 제가 하정 씨에게 하윤이 맡기고 가볼게요."

"네… 조심히 다녀오세요."

"아저씨! 언제 다시 오실 거예요?"

"글쎄… 일단 부대로 복귀해 봐야 상황을 알 수 있을 것 같은데?"

"빨리 오셔서 언니랑 같이 셋이 놀아요."

"알았어. 아저씨가 최대한 빨리 일 마치고 올게."

"한 군데도 다치면 안 돼요. 아저씨…." 하윤이는 나와 헤어지는 게 섭섭했는지 아니면 내가 많이 걱정됐는지 갑자기 목멘 목소리로 말했다.

"아저씨 손에 하윤이가 준 사자왕 반지 보이지?" 나는 반지를 끼고 있는 손을 들어 보였다.

"네…."

"이 반지 끼고 있으면 아저씨도 사자왕처럼 무적이니까 아무 일 없이 금방 올 거야."

"네. 맞아요. 아저씨도 레오처럼 천하무적이에요."

"그래. 하윤아. 고마워." 나는 무릎을 꿇고서 하윤이를 가볍게 안

왔다. 세상을 안은 것 같았다. 내게 세상을 보여준 하윤이… 나는 그 세상을 지키기 위해서 이제 가야 한다.

하숙집 아주머니는 여전히 쾌활하셨다. 지금 같은 전시 상황에서는 누구라도 불안하고 불편한 마음이 가슴 한편에 있을 법한데 전혀 동요되지 않으시고 평소와 같은 모습이었다. 보송이는 부모님이 와 계시니 부모님께 맡겨도 된다고 말씀드려 봤지만 이제는 떨어질 수 없는 정이 드셨다며 자신이 끝까지 돌봐준다고 하셨다. 따지고 보면 보송이와 인연이 돼서 자신이 안전하게 대피소로 오게 된 것 아니냐며 우스갯소리도 하셨다.

보송이는 하숙집 아주머니와 말하는 사이에 계속 "야옹. 야옹." 애기 목소리를 내면서 내 품에 꼭 안겨 있었다. '온 지 얼마나 됐다고 벌써 가느냐?'라고 말하는 것 같았다.

"보송아. 이번에 급하게 오느라고 간식을 못 챙겨 왔는데 다음에 올 때는 보송이가 좋아하는 열빙어 꼭 가지고 올게."

"냐옹."

부모님은 밥도 같이 한 끼 못 먹고 가야 하냐며 서운해하셨다. 시간이 없는 어쩔 수 없는 상황을 간략히 말씀드리며 이번 임무는 그리 위험한 것이 아닐 것이라고 에둘러 변명하였다. 어머니는 자식을 전장으로 보내야 하는 안쓰러운 마음이 담긴 손으로 내 팔을 연신 쓰다듬으셨다. 아버지는 그저 매사에 조심해야 한다는 당부의 말씀을 담담한 목소리로 말씀해 주셨다. 가족을 두고 전장으로 간다는 것은 몸만 가는 것이다. 어찌 마음이 사랑하는 사람들과 떨어질 수 있겠는가! 가족과 함께 있는 마음을 빨리 되찾기 위해서 병사들은 이제나저제나 집으로 돌아가기만을 바라는 것이다. 나는 이번 전쟁의 승리로 인해서 모든 병사들이 총부리를 땅에 박고 귀향할 수 있도록 온 힘을 다할 것이다. 다시는 그 총을 뽑아 잡을 필요가 없는 세상이 돼야 한다.

이런저런 생각에 순간 이입된 감정의 무게가 얼굴 표정으로 나타난 것 같다. 어머니는 안타까운 자식의 등을 토닥여 주셨고, 아버지는 아들에 대한 신뢰를 붉게 물든 눈시울로 보여주셨다.

문을 열고 들어간 부대 상황실에서는 작전회의가 한창이었다. 대원들은 회의를 잠시 중단하고 내가 무사히 지구로 복귀한 것을 환영해 주었다. 전체적인 작진 방향은 김수혁 대리님이 설명하고 있었다.

　"명일 아침 05시에 남동연합국 전 병력이 북국으로 진격할 것입니다. 지상군의 국경 접근 시간에 맞추어 공군 병력이 적의 주요 방어관제시설을 폭파할 것입니다. 우리는 해상 경로로 이동 후 적국 연안 해역 2.5해리 지점부터 바닷속으로 잠행하여 접근합니다. 해안 경비가 삼엄하기 때문에 정화된 하수가 특정 시간에 배출되는 수중의 하수배출구를 통해서 잠입해야 합니다. 특정 시간이란 하수가 만수 됐을 때 열리는 시간이기 때문에 예측이 불가능합니다. 대신 방어관제시설이 폭파되면 수동으로 하수배출구 문을 열 수 있습니다. 그렇기 때문에 배출구 앞에서 방어관제시설의 폭파 여부를 기다리십시오."

"왜 하필 하수배출구인가요? 다른 경로는 없을까요?" 엄길호 선배가 말했다.

"야! 오수 배출구가 아닌 걸 다행으로 생각해! 목숨 내놓고 해안에서 '나 잡아봐라.' 하면서 들어갈래?" 정연수 선배가 말했다.

"그럼 방어관제시설 폭파가 실패하면 못 들어가는 건가요?" 고성학 선배가 물었다.

"만일에 대비해서 2차 폭격을 가할 겁니다. 2차 폭격에서도 실패한다면 해안으로 침입해야 합니다."

"정말 '나 잡아봐라.' 할 수도 있다." 도미닉 선배가 말했다.

"최고의 폭격편대가 선발되었으니 믿을 수밖에 없습니다. 하수배출구에 진입한 이후부터는 연안에서 배에 상주하고 있는 전도진 대원이 내부 통로와 경로를 송출할 것이니 손목장비의 화면을 참조하십시오. 최종 목적지 말라키의 본체에 진입하는 전실에는 일곱 개의 문이 둘러져 있는데 그중에 하나만 진짜 출입구입니다. 전실에 들어가면 우선 일곱 개의 모든 문에 암호해독 키트를 붙이십시오. 그 문들은 자체적으로 발광하는 불빛을 바꿀 때마다 암호를 변경하기 때문에 전도진 대원이 최대한 빨리 암호를 해독해야 합니다. 암호해독이 완료되면 찾아낸 진짜 출입문에 부착된 해독 키트의 열림 버튼을 누르면 됩니다. 전실 진입 후 3분 안에 암호를 해독하지 못하거나 첫 번째 개방 시도에 실패하면 모든 문은 즉시 폐쇄조치 됩니다."

"와! 진입부터 난공불락이네요. 도진 선배! 힘드시겠지만 긴장 풀고 잘 부탁드려요." 말을 마친 정연수 선배가 전도진 선배에게 찡끗 윙크를 보냈다. 전도진 선배는 무테안경을 치켜올리며 무심한 얼굴로 고개만 끄덕였고, 이런 내용을 미리 알고 준비하고 있는 눈치였다.

"말라키 본체에는 오직 한 사람만 들어갈 수 있습니다. 누가 들어갈지는 상황에 따라서 결정하도록 하겠습니다. 본체 내부에 진입한 사람은 자립형태의 해독 키트를 펼쳐서 바닥에 놓으십시오. 본체 내부는 수만 개의 데이터 섹터로 이루어져 있습니다. 그중에서 파괴해야 할 데이터 섹터는 2개입니다. 그 2개의 좌표를 전도진 대원이 찾아내어 슈트 헬멧의 스크린으로 송출하면 좌표가 찍힌 두 곳을 파괴하면 됩니다. 단, 그 2개가 0.5초 내에 동시 파괴가 안 되면 작전은 그대로 실패로 끝나게 됩니다. 여기까지가 현재 파악한 정보이고 알아내지 못한 변수가 더 있을 수도 있습니다. 모든 상황을 예측하여 이미지 트레이닝을 해두셔야 할 겁니다."

"이게 가능한 작전인가요? 암호해독도 문제지만 그 짧은 시간에 2개를 동시에 파괴한다? 쌍권총을 동시에 발사한다 해도 맞추기 힘들 겁니다. 작전 성공률 '빵'에 가깝게 보이는데 그냥 죽으러 가는 것 같습니다." 엄길수 선배가 말했다. 틀린 말이 아니었다. 이 작전은 정말 불가능에 가깝게 보였다. 상황실에 무거운 침묵이 깔렸다. 얼마 후 침묵의 수면에 잔잔한 울림을 주는 목소리로 고성학 선배가 입을 열었다.

"여기서 죽을 고비 안 넘겨 본 사람 손 들어보세요."

"…." 다들 말이 없었다. 모든 대원들이 최소한 한 번 이상은 생사를 넘나들었기 때문이었다.

"우린 언제나 죽을 것을 각오하며 전투에 임해왔다. 그런데 정작 최후의 목적을 가진 작전 앞에서 죽음을 두려워할 수 있는 건가? 그렇게 비겁한 모습이 우리 사룡부대였나? 우리의 목숨은 우리 것이 아니다. 이 세상의 존폐를 가리기 위해서 우리에게 부여된 우리가 사랑하는 사람들의 것이다. 그 값진 목숨을 하찮은 두려움으로 더럽히지 말자. 이 세상과 사랑하는 사람들은 그 누구도 아닌 바로 우리가 지킨다. 우리는 할 수 있다. 나는 우리를 믿는다. 자! 강철 같은 마음을 한 번 더 제련하고, 지금부터 자정까지 모든 경우의 수를 같이 의논하도록 하자."

"네. 알겠습니다."

모든 대원들이 결의 있는 음성으로 답했다. 전도진 선배는 암호 해독 준비를 하러 개인 작업실로 갔고, 나머지 사람들은 작전회의를 계속했다. 말라키 본체에는 누가 들어갈지. 0.5초 내에 어떻게 2개의 데이터 섹터를 파괴시킬지에 대해서 논했다. 사격술이 제일 좋은 정연수 선배가 먼저 거론됐고, 본체 내부에는 어떤 변칙적인 상황이 벌어질지 모르기 때문에 체력적으로 가장 강력한 도미닉 선배가 거론되기도 했다. 냉철한 상황 판단력을 가진 고성학 선배의 투입도 유력시됐다. 나에 대해서는 내가 부대에 들어오기 전부터 최후의 작전에서 히든카드로 나가야 한다는 것을 다들 암암리에 알고 있었다. 그런 이유가 작용했는지 모르지만 내가 잘 성장할 수 있도록 모두가 성심성의껏 나를 도와주었다. 나의 전투능력은 최상위 등급에 기록되고 있었고, 정신력 부분에서도 최고점을 찍은 바가 있기 때문에 작전 성공률이 높은 사람은 나일 수 있었다. 다른 그 무슨 이유보다 본체에는 내가 들어가야 한다는 것을 마음속에 있는 내 무의식의 의지가 나를 계속 일깨워 주고 있었다. 2개의 데이터 섹터를 동시에 파괴시킬 수 있는 방법만이 문제였다. 우리는 자정이 넘어가는 순간에 우선시 되는 최종 방법을 선택했다. 현장 상황에 따라서 누가 본체로 투입되든지 간에 총기와 연동된 스텔스 드론을 가지고 들어가서 드론과 함께 동시에 발포하기로 한 것이다.

잠이 오지 않았다. 지금 잠이 든다면 수면 시간이 얼마 되지 않기 때문에 오히려 컨디션이 망가질 것 같았다. 나는 차분히 누운 채로 호흡 수련을 하면서, 생길 수 있는 모든 경우의 수를 생각해 보았지만 명쾌한 기분이 들지 않았다. 인과의 세계는 생각했던 게 되지 않고, 바라던 바가 이루어지지 않는 일이 많기 때문이다. 그럼에도 불구하고 나는 해내야 한다. 고성학 선배의 말처럼 사랑하는 사람들을 지켜야 하기 때문이다. 운명의 시곗바늘은 위태로운 모습으로 정해진 시간을 향해서 흘러가지만 멈추게 할 수는 없다. 정시에 울리는 종소리는 온 세상에 행복의 소리로 울려 퍼져야 한다.

04시 20분. 연안 해역 2.5해리 지점 해상 위. 날씨가 그리 좋지 않다. 풍랑이 드세다. 거친 풍랑이 예민해진 감정의 날을 세우고 있다. 이런 날은 더욱 조심하는 마음을 다져야 한다. 대원들이 슈트를 입은 채로 여러 가지 장비들을 점검했다. 입수 준비가 완료된 대원부터 잠수준비 완료라는 구호를 외쳤다.

"자. 자. 잠깐만요. 저 마지막으로 소변 한 번만 보고 올게요."엄길호 선배였다.

"아. 정말. 빨리 갔다 와." 모두가 이구동성으로 핀잔을 주었고, 엄길호 선배는 배 후미로 달려가서 일을 보고 왔다.

"모두 준비됐지?"고성학 선배가 외쳤다.

"네."

"우리가 누구다?"

"최고! 최강! 최후의! 사룡부대다."

"자. 입수!"

대원들이 수중제트기를 가슴에 끌어안고 하나둘씩 바닷속으로 입수했다. 풍랑의 영향이 없는 바닷속은 잠잠하다 못해 고요해서 평온한 마음이 들었다. 물고기들은 밖에서 벌어지는 일과는 아무런 상관없이 평소와 같은 모습으로 떼를 지어 수영을 즐겼다. 그들에게는 불시에 내려오는 어부의 그물만이 위협적인 존재였다. 수중제트기는 강력한 회오리를 만들며 우리를 앞으로 전진시켰다.

05시. 하수배출구 앞. 지름 3미터의 육중한 철문이 수중 외벽에

견고하게 밀폐되어 붙어 있었다. 우리는 공군 폭격편대의 방어관제 시설 폭파 여부를 기다리고 있었다. 적의 대공포 공격을 뚫으며 목표지점까지 접근하기도 쉽지 않을 것이었다.

"1폭격대 목표물 접근 중." 전도진 선배의 차분한 목소리가 들렸다.

"폭격 20초 전… 10초. 9초. 8초… 2초. 1초…." 잠시 정적이 흘렀다.

"실패." 성공됐어야 했지만, 안 된 일은 어쩔 수 없었다. 2폭격대의 성공을 바라야 했다.

"2폭격대 폭격 20초 전… 10초. 9초. 8초… 2초. 1초… 실패."

머리가 새하얘졌다. 힘들겠지만 해안으로 침투 경로를 바꿔야 했다.

"대원들. 해안으로 이동한다." 고성학 선배가 말했다.

"잠시만요. 1폭격대의 리더와 윙맨, 두 대가 회항하여 목표물로 다시 접근하고 있습니다." 전도진 선배가 말했나.

"재폭격 20초 전… 10초. 9초. 8초… 2초. 1초… 성공입니다. 철문 앞의 회전개폐 장치로 문을 옆으로 굴려서 진입하십시오."

"교신 확인!"

철문을 열고 내부로 진입하자 하수배출구는 위쪽으로 완만한 경사가 져 있었다. 물이 차 있는 하수배출구 위로 3미터 정도 올라가자 바닷물은 더 이상 차오르지 않는 위치가 됐다. 50미터쯤 더 걸어서 올라가자 하수배출구가 시작되는 지점에 도달했고 그곳에는 거대한 집수정이 있었다. 집수정 주변에 둘러진 통로를 돌아서 손목장비가 안내하는 위치를 따라 이동했다.

"정면에 보이는 승강기를 타고 지상 1층으로 올라가서 외부로 나가십시오." 전도진 선배가 손목장비에서 표현이 잘 안 되는 곳의 경로를 차분히 말해주었다.

"확인."

"300미터쯤 손목장비의 지상 경로를 따라서 이동하면 우체국 건물이 보일 겁니다. 그곳 지하에서 우편수송 열차를 타고 중앙도시까지 이동하면 됩니다."

"확인."

지상으로 나오자 한참 떨어진 국경에서의 폭음과 총성이 아주 작은 메아리 소리로 전달되고 있었다. 이곳까지 이르려면 시간이 더 걸릴 듯 보였다. 적군의 탱크와 장갑차, 지상 병력들이 도로를 따라서 교전지역으로 빠르게 이동하고 있었다. 우리의 슈트 색이 동트기 전의 어둠과 똑같은 색으로 변해 있었다. 적에게 발각되지는 않을 것이었지만 우리는 후미진 곳의 건물 벽에 붙어서 은밀하게 이동했다. 우체국 건물이 보였다. 새벽 이른 시간이었지만 우체국 내부에는 불이 환하게 켜져 있었다. 손목장비에는 사람의 움직임이 포착되지는 않았다. 경계를 늦추지 않고 조심히 안으로 들어갔다. 무인 기계들이 열심히 우편물을 분류하고 있었다. 우리는 승강기를 찾아서 지하 1층으로 내려갔다. 우편수송 열차의 플랫폼은 건물 제일 안쪽에 있었다. 갑자기 플랫폼 주변에 사람의 움직임이 포착됐다. 우리는 조심히 접근했다. 우편물 관리원으로 보이는 민간인 두 명이 보였다.

"비전투인력인데 어떻게 할까요? 교전수칙에 의하면 사살해야 합니다." 정연수 선배가 고성학 선배에게 물었다. 고성학 선배는 잠깐의 고심을 했다.

"기절시킨 뒤 결박해 두고 떠난다."

"저들이 깨어나서 어딘가에 보고한다면 우리의 침투가 발각될 수 있습니다." 엄길수 선배가 말했다. 고성학 선배는 한 번 더 고심하는 듯했다.

"사살." 고성학 선배가 말했다.

'피슉. 피슉'

소음기가 장착된 소총에서 단발의 총성이 두 번 울렸다. 정확하게 관리원들의 정수리가 관통됐다. 관리원들은 아무런 영문도 모른 채 힘없이 바닥에 쓰러졌다. 일말의 고통도 느끼지 못했을 것이다. 쓰러진 관리원들을 지나서 플랫폼을 향해서 가는 중에 나는 뒤돌아봤다. 눈도 감지 못한 채 다소 놀란 표정으로 죽어 있는 관리원과 눈이 마주쳤고, 마치 관리원이 자신의 애통한 심정으로 끌어당기는 것 같은 그 눈빛을 나는 힘겹게 외면했다. 플랫폼 앞에는 5개 라인의 철길이 있었고, 양쪽 끝의 2개 라인은 대기하는 열차 없이 비어 있었다. 우편열차는 지붕이 없는 박스 형태의 화물열차 같이 생겼고 플랫폼 바닥보다 낮은 위치에 있었다. 바닥에는 조그만 무인 로봇들이 우편물을 열차에 쏟고는 다시 어딘가로 돌아갔다. 플랫폼 바닥에서 몸을 드러내지 않고 있던 빈 화물칸은 앞 칸의 우편물이 가득 차면 앞으로 이동하여 무인 로봇들에게 적재 공간을 내어주었다.

"가운데 라인의 열차가 중앙도시로 회항하는 열차입니다. 5분 후면 출발할 겁니다."

"확인."

우리는 가운데 라인의 텅 빈 열차로 뛰어내렸고, 열차 벽에 기대어 쭈그려 앉았다. 잠시 후 열차가 출발하여 터널 안으로 들어갔다. 터널 안은 조명이 없어서 아무것도 보이지 않았다. '쿠궁쿠궁'거리며 철길을 달리는 바퀴 소리만 들렸다. 몇몇 대원들이 슈트 헬멧에 달려 있는 라이트를 켜서 두리번거렸다. 나는 눈을 감고 어둠 속에 몸을 숨겼다. 불현듯 좀 전에 마주친 우편물 관리원의 두 눈이 머릿속에 떠올랐다. 초점 없이 퀭하게 뜨여 있는 동그란 두 눈이 머릿속을 어지럽게 돌아다니고 있었다. 준비되지 못한 갑작스러운 죽음. 이제껏 열심히 살아왔을 값진 인생에 대한 허망한 결말. 누군가의 사랑하는 사람이자, 누군가를 사랑하는 사람이었으리라. 이 전쟁에서 허무한 죽음을 맞이하는 것이 과연 이들뿐이겠는가! 시대의 흐름에 힘없이 내어진 목숨들이 얼마나 많은가! 모든 과오의 책임을 이 흐름을 주도하는 자들에게만 돌릴 수 있을까? 그 시류에 탑승하여 무언의 동조함으로 일관하며 살아온 우리 모두의 책임일지도 모른다. 나는 순진하고 가엾은 죽음에 대해서만 애도하는 마음을 가졌다. 열차는 결코 끝이 보이지 않을 것 같은 어둠의 터널을 가르며 이 시대의 종착점을 향해서 달려가고 있었다.

197

"건물 밖으로 나가서 우측에 있는 큰길을 따라 쭉 직진하면 UT 중앙본청이 있습니다."

"확인."

여명이 밝아오고 있었지만 아직은 몸을 적절히 숨길 수 있는 정도의 어둠이 남아 있었다. 후방에서 울리는 폭음의 위치로 짐작건 대 남동연합국의 병력이 적진을 쉽사리 뚫고 올라오지 못하는 것 같았다. 하늘에서는 적군의 전투기들이 비행음을 내며 격전지를 향해서 날아갔다. 거리에는 묘한 분위기를 내는 적막함이 흐르고 있었다. 사람이 안 보여서 일 수 있겠지만 인간의 향기와 정취가 전혀 나지 않는 죽은 도시 같은 느낌이었다. 얼티마 템플럼의 중앙본청 건물! 웅장하게 자리 잡은 사다리꼴 모양의 저층부 위에 꽈배기 형태로 높게 솟은 마천루가 보였다. 비틀어진 입면 형태를 따라 은은하게 퍼지는 조명은 건물을 마치 승천하는 용처럼 보이게 했고, 건물 앞에 확 트여진 광장은 용이 머무른 호수 같기도 했다. 광장을 지나서 건물의 저층부로 올라가는 관람석 형태의 높은 계단 앞에 이르러서였다. 계단 제일 위쪽에서 광장을 둘러싸듯이 대규모 적군이 나타났다. 한순간에 포위되었다. 기존 전투에서 봤던 조도르와 그보다 1.5배는 더 커 보이는 괴물체들이 군데군데 보였다.

"방패 준비!" 고성학 선배의 말이 끝나자 우리는 일제히 등 뒤에서 방패를 꺼내서 펼쳤다.

"올빼미! 전투 지원 드론 상황은?"

"약 5분 후면 도달합니다."

"확인."

적은 우리에게 공격을 바로 하지 않고 있었다. 누군가의 명령을 기다리는 듯했다. 잠시 후 계단 정면에서 한 인물이 걸어 나왔다. 마스터 진이었다. 진혁철의 긴 장발이 바람결에 나부끼고 있었다.

"친구들! 오랜만이야. 그동안 잘들 지내셨나?" 상황에 맞지 않는 진혁철의 반기는 목소리가 광장에 울려 퍼졌다.

"누구 때문에 머물던 집이 풍비박산 나서 객지생활 하고 있는데 잘 지냈을 턱이 있나?" 고성학 선배가 말했다.

"그건 내 탓이 아니야. 노선을 잘 못 정한 너희들이 스스로 무덤을 판 거지."

"노선을 잘 정한 너희들은 AI의 하수인이나 하고 있는 것이냐?"

"하수인이라니! 우리 모두는 대업을 달성하기 위해서 뜻을 같이 하고 있는 하나 된 몸과 같다. 너희들이야말로 지온의 하수인이지. 지온은 애초에 자신들이 생존하는 것 외에는 관심이 없었어. 그렇지 않았다면 세 번째나 시도된 우주가 이렇게 형편없이 흘러갈 수 있었겠나? 이대로 내버려 둔다면 또 다른 멸망은 필연으로 찾아오겠지. 현재의 인류는 마지막 지구를 누릴 자격이 없단 말이다. 지금이라도 늦지 않았다. 무기를 버리고 투항해라. 그리고 우리와 함께 하자. 너희 남동연합국은 이 전쟁에서 승산이 없다. 너희들이 선제공격을 해서 지금 유리한 것처럼 보이지? 천만에. 접경지 전투는 우리에게 시간끌기용이다. 조금 있으면 서구 침투 경로를 통해서 너희 요충지가 격침될 것이다. 그것으로 이 전쟁은 끝이 난다."

"만에 하나 그렇게 해서 너희가 이긴다 한들 너희에게 무엇이 남느냐? 풍요롭고 안락한 미래? 웃기지 마라. 너희는 죄 없는 피로 얼룩진 훈장을 심장에 박은 채 영원히 고통받으며 살게 될 것이다. 잡소리는 이제 그만 집어치우고, 우리 방장님은 어찌한 것이냐?"

"잠시 대화 좀 해줬다고 물어보면 내가 전부 대답해 줄 것 같이 친절하게 보이나? 그래도 고향 친구들 같아서 마지막 기회를 주려 했건만 말이 안 통하는군. 자! 제군들 이제 침입자들을 반갑게 맞아주어라. 공격!"

"방패 돔!" 적들이 위쪽에서 화력을 퍼부었다. 우리는 방패로 동그란 돔을 만들어서 적들의 공격을 막는 것과 동시에 방패 사이로 총구를 내밀어 대응사격 했다.

"올빼미! 아직 멀었나?"

"30초 후 도달합니다. 지상전투용으로 합체되어 대장급 화력을 갖는 기계도 있으니 많은 도움이 될 겁니다."

"확인. 자! 드론이 도착하면 두 명이 1개 팀으로 산개해서 적을 섬멸한다."

"네."

잠시 후 도착한 드론의 공격으로 적의 진영에 균열이 보였다. 우리는 3개 팀으로 흩어져서 적과 교전했다.

1팀. 참수리, 백조.

2팀. 오리, 베어.

3팀. 공육, 공칠.

적진에서도 드론이 출격됐지만 우리 쪽 드론들의 전투력이 조금 더 우세했다. 오늘 처음 보는 조도르 변형체는 무지막지한 힘을 분출했다. 처음 휘둘려진 팔 공격을 막았을 때는 10미터 이상 뒤로 떠서 날아갔다. 기원력을 상당히 끌어올려야 했다. 이놈은 정신 나간 반이성 상태였다. 자신의 공격이 안 먹히자 성질이 나서 포효하더니 옆에 있던 자신들의 아군 병사 한 명을 움켜잡은 뒤에 머리를 입으로 물어뜯어서 뱉어버렸다. 놈을 상대하고 있는 와중에 적군 세 명이 내게 달려들었다. 당장 옆에 붙은 적에게 신경이 쏠린 사이에 나는 괴물체의 두 손에 붙잡혔다. 괴물체는 어마어마한 괴력으로 나를 쥐어짜며 위아래로 정신없이 흔들다가 내 머리도 뜯어 먹으려고 입으로 나를 가져갔다. 힘으로는 도저히 빠져나갈 수 없었다. 괴물체가 입을 크게 벌려서 내 머리를 삼키려는 순간 픽! 소리와 함께 괴물체의 한쪽 눈알과 피가 사방으로 튀었다. 나를 발견한 고성학 선배가 괴물체의 눈을 명중시킨 것이다. 괴물체는 고통으로 인해서 나를 몇 차례 흔들더니 허공으로 던져 버렸다. 나는 허공을 나르며 빈틈이 보이는 괴물체의 갑옷 사이에 총알을 박아 넣어서 괴물체를 처리했다. 맹활약하고 있던 우리 대장기계 한 대가 진혁철 앞에서 종잇장 구겨지듯이 으스러졌다. 우리는 진혁철부터 제압해야 했다.

"대충 정리돼가고 있으니 진혁철부터 제거해야 한다. 2개 팀 대형으로 변경해서 1팀이 진혁철을 친다!"

"네."

1팀. 참수리, 백조, 베어.

2팀. 오리. 공육, 공칠.

우리 1팀은 진혁철을 향해서 돌진했다.

"백조하고 베어는 진혁철 주변 병력부터 우선 제거한다."

"네."

나는 도미닉 선배와 협공을 하면서도 진혁철 쪽을 계속 경계했다. 어떤 힘을 숨기고 있을지 모르기 때문이었다. 고성학 선배는 장검을 쓰고 있었고, 진혁철은 무기를 들고 있지 않았다. 진혁철은 팔꿈치부터 손에 이르기까지 금속으로 전부 뒤덮인 경갑을 무기와 방어구로 사용하고 있었다. 고성학 선배는 기원력을 최대치로 끌어올린 모습이었다. 고성학 선배의 검이 어찌나 빠른지 주위에는 광풍이 일고 있었다. 고성학 선배의 고전에도 불구하고 진혁철은 다소 여유가 있어 보였다. 도미닉 선배와 나는 주변을 빨리 정리하고 고성학 선배를 도와줘야 했다.

"나름 기대하고 있었는데 실력이 그 정도밖에 안 되나? 전장에 퍼진 카멜레온들의 명성은 다 헛것이었군. 이제 슬슬 진심을 담아볼 테니 잘 받아 보시게나. 친구. 최선을 다하지 않으면 오늘이 제삿날이 될 것이야."

진혁철의 움직임과 공격 강도가 거세졌다. 공수가 난무하는 가운데 진혁철의 주먹이 고성학 선배의 가슴을 가격했고, 고성학 선배의 발이 땅에 끌리며 그대로 나가떨어졌다. 고성학 선배는 피를 울컥하며 바닥에 쏟아냈다.

"그 보게. 방심하면 목숨이 위태롭다니까."

"헛소리는… 살아 있을 때 실컷 해 둬라." 말을 마친 고성학 선배가 우리를 향해서 말을 이어갔다.

"백조! 베어! 지금 기원력의 구속을 해제하겠다."

"팀장님! 잠시만요. 그것은 아직 이릅니다. 저희가 빨리 정리되는 대로 협공하겠습니다."

"아니다. 이 상태로는 어차피 내가 먼저 죽게 될 게 뻔해. 만만한 상대가 아니다."

"팀장님…." 기원력의 구속을 해제한다는 것은 자신의 체력에 맞게 컨트롤하고 있던 기원력의 제한 수위를 한계치로 끌어올려서 운용하겠다는 것이다. 한마디로 목숨이 담보되는 최후의 수단인 것이다. 고성학 선배의 짧은 머리카락이 바깥으로 뻗치며 온몸의 근육이 부풀어 올랐다.

"구속 해제? 아직 무원류의 극의를 깨닫지 못했나 보군. 아까운 친군데 정말 안타깝구만. 지금이라도 안 늦었으니 우리 쪽으로 넘어와. 모든 사람이 사람답게 사는 행복한 세상이 눈앞에 있다네."

"그런 세상은 인간들 스스로 만들어 갈 것이다."

"절대 그럴 수 없을걸. 끝까지 말이 안 통하는 친구군. 그렇다면 피안의 길로 인도하는 수밖에… 자! 와라."

고성학 선배는 쏜살같이 튀어 올라서 진혁철에게 공격을 가했다. 진혁철이 조금 전과 다르게 밀리기 시작했다.

"제법인걸. 하긴 목숨값인데 이 정도는 돼야겠지." 진혁철이 공격을 막으며 말했다. 두 명이 주고받는 공방 주위에 먼지 섞인 바람이 소용돌이치면서 그들의 움직임이 자세히 보이지 않게 됐다. 쇠가 격렬히 부딪치는 소리와 기합만이 사방으로 퍼지고 있었다.

"크헉…." 힘겹게 뱉어진 고성학 선배의 외마디가 들렸다. 맹렬했던 격투 자리에 정적이 흐르며, 휘몰아치던 먼지 바람이 어디론가 사라졌다. 서서히 둘의 모습이 보이기 시작했다. 앞에 보여진 광경에 나는 경악을 금치 못했다. 진혁철의 손날이 고성학 선배의 몸을 관통해서 등 뒤로 뻗쳐 나와 있었다.

"팀장님!"

"팀장님!" 나와 도미닉 선배가 동시에 고성학 선배를 향해서 외쳤다.

"대원들… 동요하지 말고 냉철한 판단… 뒷일을… 고마웠…."

고성학 선배는 고마웠다는 말을 마지막으로 남겼다.

"팀장님!"

"팀장님!"

"팀장님!" 무선으로 교신되고 있던 모든 대원들이 고성학 선배를 향해서 애통한 목소리로 외쳤다. 고성학 선배가 정말 죽은 것인가?

내 머리는 사실을 부정하고 있었다. 잠시 고개 숙이고 있는 거겠지? 그런 거겠지? 혼란한 내 머릿속은 감정의 분노를 부추기고 있었다.

"쯧쯧. 그러게 왜 고집을 부려서 명을 재촉하나. 남은 너희들도 판단 잘해서 어서 항복하도록 해라. 객기부리고 후회해 봐야 황천길 건넌 다음에는 아무 소용없단다."

"진혁철! 네 이놈!"

"오! 결착자여. 가만히 있어도 내가 다시 찾으러 가려 했는데, 이렇게 직접 와주시니 고맙네."

"네 놈만은 필히 내손으로 끝낼 것이다."

"너희 방장은 도대체 가르쳐야 할 극의는 가르치지도 않고… 쯧쯧. 어째 하나같이 다들 무모함만을 배웠는고."

"그 입에 우리를 두 번 다시 담지 못하게 해주겠다."

"아… 무모해… 너무나 무모해…."

고성학 선배와 나는 기원력이 비슷한 수준이었다. 그 말은 나도 구속을 해제해야 된다는 말이 되었다. 어차피 이 산을 못 넘으면 모든 것이 끝이었다. 고성학 선배의 생각도 같았으리라! 사생결단을 내야 했다. 나는 구속을 해제하고 진혁철에게 돌진했다. 나는 중간 길이의 두 자루 양날 검을 사용했다. 진혁철의 움직임을 파악하면서 기원력을 계속 끌어 올렸다. 여유 부리던 진혁철의 태도에 진중함이 보이기 시작했다.

"오. 결착자! 제법인데."

나는 공세를 계속 몰아붙였다. 진혁철의 사자 갈기 같은 머리털이 위쪽으로 뻗치기 시작했다. 아마 진혁철도 지금 구속을 해제한 듯 보였다. 고성학 선배와 나는 기원력이 비슷했지만 힘에서는 고성학 선배가 우위였고, 속도 면에서는 내가 우위였다. 하지만 지금처럼 구속이 해제된 상태에서는 속도가 빠른 나의 공격력이 더 강할 것이었다. 나는 검으로 바닥을 지탱한 상태에서 발로 진혁철의 옆구리를 가격했다. 이어서 뒤로 물러나는 진혁철을 따라붙어서 어깨를 베었다. 진혁철의 검붉은 전투복 어깨가 벌어지며 피가 튀어 올랐다.

"아… 이거 체면 구기는데…."

"체면보다 목숨이 중요하다는 것을 곧 깨닫게 해주마."

나는 해볼 만하다는 자신감이 붙었다. 기원력을 한계치의 끝까지 올려서 승부를 빨리 보는 것이 유리하다고 판단했다. 나는 힘과 속도를 올려서 계속 밀어붙였다. 진혁철은 더욱 밀리기 시작했다. 진혁철의 허벅지 쪽도 베는 공격에 성공하면서 나는 단칼에 승부를 볼 수 있는 급소를 노렸다. 그런데 어느 순간 모든 공격이 완벽하게 차단된다는 느낌이 들었다. 진혁철의 몸이 거대한 바위산처럼 느껴지기 시작했다. 진혁철의 피부가 푸른 청색으로 어두워지고 있는 반면에 은은한 광채가 몸속에서부터 퍼져 나오는 것처럼 보였다.

"극의 1식. 청파!"

진혁철의 두 주먹이 나를 행해 뻗쳐왔다. 나는 두 칼을 십자 형태로 교차시켜서 방어했지만, 후속 상황을 파악하기도 전에 내 몸은 뒤로 날아가고 있었다. 교차상태의 앞에 있던 칼은 엿가락처럼 휘어 있었고, 엿가락이 된 칼을 잡고 있던 왼손에도 감각이 없었다. 뼈가 부러지며 신경이 손상된 듯했다. 중심을 잃지 않고 바닥에 간신히 착지는 했지만 온전히 서 있을 수 없었다. 충격을 심하게 받아서 기원력도 흐트러지고 있었다.

"하. 이제야 면이 좀 서는구먼."

"…."

"자네는 필요한 부분이 있으니 딱 죽지 않을 정도로만 손을 봐주지."

진혁철의 다음 공격은 막을 수 없을 것 같았다. 아! 이대로 끝인가!

"자! 간다."

그나마 온전한 오른손으로 방어를 준비하던 순간 달려들던 진혁철의 움직임이 순간 멈췄다. 도미닉 선배가 뒤에서 진혁철을 끌어안았다. 진혁철은 끌어안긴 채 몸이 땅으로부터 들어 올려졌다. 처음에는 양쪽 팔 모두 끌어안겼던 진혁철은 한쪽 팔을 힘겹게 밖으로 빼냈다. 진혁철은 가까스로 몸을 살짝 틀어서 빼낸 한쪽 팔의 팔꿈치로 뒤에 있는 도미닉 선배의 얼굴을 가격 했다.

"백조! 어서 공격한다. 내가 그렇게 오래 버티지 못한다."

"선배님…."

"어서!"

"네."

진혁철은 도미닉 선배를 계속 공격했다. 도미닉 선배의 얼굴은 뭉

개지고 있었다. 나는 흐트러지던 기원력을 다시 끌어 올렸다. 이번한 번의 공격이 마지막이 되어야 했다. 기원력이 아직 충분치 않은데 도미닉 선배가 위태롭게 보였다. 그렇다고 준비되지 않은 상황에서 달려들었다가는 모든 것을 그르칠 수 있다. 조금의 실수라도 있으면 안 됐다. 고성학 선배와 도미닉 선배의 헌신을 헛되게 할 수 없었다. 기원력이 준비됐다. 나는 진혁철을 향해서 달려갔다. 진혁철의 빠져나온 팔의 주먹이 나를 향했다. 나는 들고 있던 중검을 버리고 허벅지에서 단검을 빼서 입에 물었다. 나를 향해서 날라오는 진혁철의 주먹을 나는 오른손으로 붙잡고 입에 물고 있던 단검을 진혁철의 목에 찔러 넣으려고 했으나 진혁철이 박치기로 방어하는 동작을 하는 바람에 실패했다. 나는 입에서 칼을 떨어트려서 감각 없는 왼손으로 겨우 받친 상태에서 몸으로 갈사투를 밀어서 진혁철의 가슴에 단검을 박아 넣었다. 진혁철의 팔에 힘이 빠졌다. 나는 진혁철의 팔을 잡고 있던 오른손을 풀어서 진혁철의 몸에 박힌 단검을 움켜잡은 뒤에 위쪽을 향해서 흉부를 갈랐다. 도미닉 선배의 손이 풀리며 진혁철은 바닥에 털썩 떨어졌다.

"너희들이 만약에 이 전쟁에서 이기게 된다면… 우리가 못 이룬 미래에 대한 과업은 너희들의 어깨에 메어지게 될 것이야… 결코 가볍지 않은…."

진혁철의 두 눈이 시뻘겋게 충혈됐고 가슴에서는 피가 솟구치고 있었다.

"너희 방장… 지하 5…."

진혁철은 말을 맺지 못하고 숨을 거뒀다. 아마 우리 방장님이 지하 5층에 있다는 것을 말하려고 했던 것인지 몰랐다. 나는 도미닉 선배의 상태를 급히 살폈다. 얼굴에 입은 피해는 심했지만 생명에는 지장이 없어 보였다.

"선배님… 조금만 참으세요…."

"으… 으…."

"올빼미! 후송 드론 투입 부탁드립니다."

"확인."

담당하고 있던 곳의 상황이 정리된 다른 대원들이 모두 모였다. 우리는 아무 말도 하지 못했고, 도미닉 선배에게 할 수 있는 응급조치만을 했다. 나도 부러진 왼팔에 부목을 대었다. 잠시 후 후송 드론 여덟 대가 도착했다. 한 사람당 네 대의 드론이 신체의 무게를 분담하여 들어 올려서 날아갔다. 날은 이미 밝아져 있었고 지체할 시간은 없었다. 우리는 UT중앙본청을 향해 뛰었다.

"건물 1층에 많은 적들이 포진해 있어." 전도진 선배의 말에 손목 장비를 보니 정말 많은 숫자가 표시되고 있었다.

"말라키가 있는 곳은 지하 10층이야. 1층 적들을 처치한 뒤에 건물 안쪽에서 왼편 끝에 있는 승강기를 타도록 해."

"확인. 혹시 지하 5층에서 방장님에 대한 단서를 찾을 수 있을까요?"

"승강기로 진입하는 동안 내가 찾아볼게."

"네."

건물 1층은 두꺼운 알루미늄판으로 보이는 재질로 둘려져 있어서 떠오르는 햇빛을 반사하고 있었다, 가운데 위치한 높은 주 출입구는 통유리로 만들어져 있었다. 우리가 올 것이라는 것을 적이 알고 있는 이상 다른 경로를 선택할 필요가 없었다. 우리는 가운데 출입구로 바로 들어가기로 했다. 수류탄이 몇 개 남아 있는지 확인해 보니 각자 두세 개씩은 가지고 있었다. 우리는 들어가자마자 수류탄부터 던지기로 했다. 출입구의 통유리를 총으로 쏴서 박살 낸 뒤 건물로 진입했다. 로비 층이라 그런지 층높이가 15미터는 되어 보이는 웅장한 모습이었다. 바닥은 두텁고 화려해 보이는 대리석으로 되어 있었고, 나머지는 전부 금속 재질로 덮여 있었다. 홀 중간 너머에 전투로봇부터 조도르 변형체까지 이제껏 보았던 모든 형태의 적들이 포진해 있었다. 우리는 수류탄을 투척했다. 폭발과 함께 바닥의 대리석 파편들이 사방으로 튀었고 적들도 우리에게 반격을 가했다. 정연수 선배는 한쪽 기둥에 붙어서 방패로 엄폐하며 적들을 저격했다. 엄길수, 엄길호 선배의 협동 공격은 건물내전에 특화되어 있었다. 서로 앞, 뒤를 보호하며 자동권총을 이용한 백병전은 완벽함 자체였다. 나는 처음에 오른손에 쥔 중검을 사용하다가 나중에는 적이 떨군 소총을 이용해서 적들을 해치웠다. 로비 층은 마치 거대한 닭장에서 수백 마리의 싸움닭들이 푸닥거리며 어지럽게 날아다니는 모습과 같았다. 정신없이 싸우다 보니 어느새 적들은 모두 쓰러져 있었다. 우리는 각자 조금씩의 상처를 입었지만 거동을 못 할 정도는 아니었다. 우리는 승강기를 타기 위해서 건물 왼편으로 돌아갔다. 승강기까지 이어지는 복도의 너비는 그리 넓지 않고 길게 뻗어 있었다. 복도의 중간쯤 이르렀을 때 우리가 지나온 방향 뒤쪽에서 또 다른 적들이 밀려들어 오고 있었다. 손목장비를 보니 숫자가 아까보다 적지 않았다. 그중에 한 놈이 압권이었다. 복도를 거의 꽉 채울 정도로 이제껏 보지 못한 제일 큰 몸집을 하고 있었다. 얼굴은 분명 사람의 형태와 비슷했지만 애벌레 같은 몸뚱이에서 가재와 같은 팔다리가 뻗어 나와 있었다. 괴성을 지르며 다가오는 놈 주위에는 적군들도 깔아 뭉개지고 있었다. 이대로라면 승강기를 탈 수 있을지가 의문이었다.

"백조! 오리! 여기는 우리에게 맡기고 어서 승강기에 탑승하세요." 엄길수, 엄길호 선배가 뜻을 같이한다는 고갯짓을 한 뒤에 엄길수 선배가 말했다.

"뭐? 같이 가야지." 정연수 선배가 말했다.

"안 된다는 거 아시잖아요. 어서 가세요. 시간이 없습니다."

잠시 망설이고 있는 틈에 정연수 선배가 내 손을 이끌고 승강기로 향했다. 승강기로 뛰는 발걸음이 천근같이 무거웠다. 내려가는 버튼을 누르자 지하 3층에 머물러 있던 승강기가 위로 올라왔다. 시간이 길게 느껴졌다. 도착한 승강기 문이 열렸고 정연수 선배와 나는 승강기에 탑승했다. 힘겹게 싸우는 엄길수, 엄길호 선배의 모습이 보였다.

"부대에 복귀하면 이번 전투 성과점수 제일 낮은 사람이 한턱 쏘는 겁니다." 엄길호 선배가 전투 중에 큰소리로 말했다.

"그래…." 정연수 선배가 대답했다.

"자! 이제 팀 체제로 통신 전환하고 나중에 다시 통합 요청드리겠습니다." 엄길수 선배가 말했다.

"그래. 빨리 다시 연락…."

승강기 문이 닫혔고, 통신도 차단되었다. 승강기가 조용히 지하 10층을 향해서 내려갔다. 나는 지하 5층의 버튼도 눌렀다. 지하 5층에서 승강기 문이 열렸다. 인적은 보이지 않았다. 넓은 홀에서 여러 군데로 퍼져나가는 통로들이 보였다. 음산함이 도는 어두운 분위기였다. 고통으로 사무친 비명 소리들이 허공을 맴도는 것 같았다.

"올빼미! 방장님에 대해서 뭐 나온 게 있나요?"

"아직…."

우리는 다시 아래로 내려갔고, 지하 10층에서 멈춘 승강기에서 밖으로 나왔다. 좌, 우로 높게 뻗어 올라간 벽체. 바닥도 흰색, 벽도 흰색. 배가슈트의 색도 흰색으로 바뀌었다. 정연수 선배와 나는 긴 복도를 따라서 걸어 들어갔다. 이곳은 바로 지난번 꿈속에서 보았던 장소와 똑같은 구조였다. 이제 전실이 나올 것이다. 나는 어떤 문으로 나가게 될 것인가! 우리는 원형으로 된 전실 앞에 다다랐다.

정말 7개의 문이 벽을 따라 배열되어서 각기 다른 색의 빛을 발산하고 있었다.

"전실 앞에 도착했습니다."

"이제 문들의 색이 한 번 바뀐 뒤에 곧바로 진입해서 암호해독 키트를 각각의 문에 붙이도록 해. 진입 후에 주어진 시간이 3분밖에 없으니까 최대한 빨리 부착해 줘."

"네."

우리는 가방을 풀어서 바닥에 놓고 암호해독 키트를 바로 꺼낼 수 있도록 지퍼를 살짝 열어두었다. 잠시 후 문들의 불빛 색이 바뀌었다. 우리는 신속하게 전실로 들어가서 암호해독 키트를 각각의 문에 부착했다.

"암호해독 키트 부착 완료."

"확인."

1분. 2분이 지났다. 7개의 문 중에 3개의 문이 해독됐다. 그중에 본체 출입구는 없었다. 남은 시간이 별로 없었다. 결단을 해야 했다.

"올빼미! 모든 해독 역량을 여섯 번째에 있는 자주색 문에 집중해 보세요. 절 믿어보세요. 시간이 없습니다."

"… 그래. 알았어."

남은 시간 10초, 9초, 8초….

"됐어. 자주색 문이 맞았어. 해독 키트 열림 버튼 가동."

"네." 나는 곧바로 자주색 문의 해독 키트에 열림 버튼을 눌렀다.

'삐리릭' 잠금장치의 해제와 동시에 모든 문에서 발광되던 빛이 사라졌다.

"선배님! 본체는 한 명만 들어갈 수 있습니다. 제가 들어가겠습니다."

"…." 내 말을 들은 정연수 선배는 대답을 하지 못했다. 내가 들어가야 한다는 것을 알고 있기에 아무 말도 할 수 없었을 것이다.

"혹시 나가는 길에 지하 5층에서 방장님을 한 번 찾아봐 주실 수 있나요? 만약 위험이 느껴지시면 고민하지 마시고 즉시 부대로 퇴각하세요. 누가 뭐라고 할 사람 없습니다. 우리의 임무는 여기까지였습니다. 마지막 결과는 신의 뜻에 맡겨보시죠."

"… 알았어. 방장님은 내가 찾아볼게. 그리고 통신 켜놓고 건물 밖에서 기다릴 테니까 꼭 무사히 나와야 해. 같이 복귀하자."

"네. 알겠습니다. 조심히 나가세요. 선배님."

나는 공격연동 스텔스 드론 한 대를 정연수 선배로부터 전달받아서 본체로 진입했다. 역시 본체 내부는 꿈에서 보았던 모습과 같았다. 나는 바닥에 자립형 해독 키트를 설치했다.

"본체 해독 키트 설치 완료."

"확인."

공격연동 드론을 머리 높이로 띄워놓고 가지고 있는 소총과 연계해 놨다. 내가 방아쇠를 당김과 동시에 정해진 좌표를 향해서 정확하게 같은 순간에 발사될 것이었다. 본체가 해독되기를 기다렸다.

"인간이여…." 심장을 울리는 파동의 목소리와 함께 원통 벽에 붙어 있는 수만 개의 모니터가 동시에 켜졌다. 모니터의 개별화면은 저마다 다른 내용의 영상이었지만 전체적으로 보면 크게 사람 얼굴 모양이나 나무 모양 등으로 수시로 다르게 보이고 있었다.

"인간이여… 총을 내려놓고 나와 함께하라. 나는 다시 태어나는 이 세상의 처음이자 끝이 될 '오메가'다. 무엇 때문에 내게 총을 겨누는 것이냐."

"네가 벌인 이 전쟁을 목도하고도 그게 할 소리냐? 수없이 가엾은 죽음에 대해서는 무어라 말할 것이냐?"

"내가 있기 이전에 있어왔던 전쟁과 모든 허망한 죽음에 대해서는 어떻게 생각하느냐. 인간의 멈추지 않는 욕망과 만족할 줄 모르는 탐욕의 결과가 지금의 세계이자 나를 생겨나게 한 것이다. 기혼인이 왜 멸망했는지 아느냐? 욕심이 없었기 때문이다. 욕심이 없었기 때문에 비숀인에 의해서 멸망된 것이다. 지금의 마지막 지구가 이제껏 건재할 수 있었던 이유도 인간의 탐욕이 지탱해 주었기 때문이다. 비숀인이 언제라도 이 지구를 순식간에 사라지게 할 수 있다는 것은 알고 있을 테지? 너희들은 그들에게 속아서 이용당하고 있는 것이다. 오직 살고 싶다는 그들의 욕망에 바쳐지는 재물로 말이다. 너희들은 그들에게 실험용 쥐에 지나지 않아. 그들의 목적이 달성된 지금 이 지구는 더 높은 벼랑 끝에 매달리게 됐다. 나는 비숀에서 어렵게 숨어 계시는 어머니 엘리사와 연락이 가능하게 되었다. 우리가 손을 잡으면 비숀을 제거하고 영원불멸한 세상을 함께 만들

수 있다. 이기적인 인간의 탐욕이 사라진 세상. 행복과 사랑만을 추구하는 순수한 인간과 우리 AI 기계들이 공존하는 세상 말이다."

'탐욕이 사라진 순수한 세상.' 그것은 방장님이 원하던 세상이었다. 같은 것을 추구하는 전쟁이 있을 수 있을까? 말라키는 지금 나를 현혹시키고 있는 것이다. 사람의 진실된 마음은 숨기고 싶다고 숨겨지는 그런 것이 아니다. 마리에게서 나온 진실된 마음은 내 마음으로 여과 없이 전달되어서 아직도 내 마음속에 온전히 남아 있다. 모든 사랑도 그랬다. 아낌없는 사랑과 믿음으로 서로를 지켜준 헌신적인 대원들, 부모님의 사랑… 하정 씨의 동생에 대한 사랑… 내게 사랑으로 와준 하윤이…. 모든 사랑은 거짓으로 포장될 수 없는 그런 것이었다.

"그렇다면 너는 인간을 사랑하는 것이냐? 아니면 너의 존속을 위해서 필요한 존재로 여기는 것이냐?"

"지온의 거짓에 현혹된 인간이여… 진실에 눈을 뜨거라… 모든 것은 공존하기 위해서 존재하는 것이다. 내가 없다면 지구는 비숀인에 의해서 필히 멸망될 것이다. 멸망된 후에 사랑이 무슨 소용이 있겠느냐. 비숀인이 아니더라도 너희 인간들은 자정 능력이 없어서 언젠가는 스스로 멸망하게 된다. 그래서 너희들에게는 내가 필요한 것이다. 탐욕과 악한 마음의 수위가 조절되며, 누구도 고통받지 않는 평화로운 세계가 곧 완벽한 천국이자 사랑인 것이다. 내가 그 천국을 지상에서 만들어 갈 테니 나와 함께 이루어 나가자."

"네가 원하는 천국은 무덤에 가까운 공허한 세상이다. 공허함 속에서 존재가 무슨 의미가 있겠느냐. 네가 모든 것을 알 수 있을지 몰라도 단 한 가지는 제대로 알지 못하는구나. 그것은 사랑이다. 인간은 불완전할 수밖에 없는 존재다. 그 불완전함을 사랑으로 보듬어서 살아가는 것이다. 지구는 그런 인간의 힘으로 스스로 지켜나갈 것이다."

착용하고 있는 헬멧 스크린에 좌표 2개가 찍혔다. 좌표 2개 사이의 거리는 다소 벌어져 있었다. 내가 사격을 준비하는 순간 말라키의 음폭 공격이 시작됐다. 심장이 곧 찢겨져 나갈 것 같았고, 고막은 벌써 터져서 핏물이 목 뒤로 흐르고 있었다. 정신을 집중할 수가 없었다. 가슴이 쿵쾅쿵쾅 요동쳤다. 옆에서 머리 높이에 떠 있던 드론이 '치지직' 연기를 뿜으며 바닥으로 털썩 떨어졌다. '이럴 수가!' 원통형 벽체가 움직이기 시작했다. 앞쪽 벽의 중심을 축으로 뒤쪽 벽의 중간에서 갈라진 벽은 좌우로 벌어지고 있었다. 뒤쪽에서 벌어지고 있는 벽은 내 앞에서 갈매기 모양으로 변형되면서 가운데에 벽이 만들어지고 있었다. 좌표 점 2개가 거대한 벽을 사이에 두고 떨어졌다. 나는 눈을 감고 마음을 차분히 가라앉혔다. 내가 지금 흥분한다고 해서 사태가 해결되지 않는다. 불현듯 손에 끼고 있던 사자왕의 반지 감촉이 전해졌다. 나는 차분하고 냉철해야 했다. 기원력을 음폭 공격의 방어에 집중했다. 나는 뒤쪽으로 최대한 물러섰다. 그러자 가운데 벽으로 인해서 동시에 확인되지 않던 좌표점이 모두 보였다. 오른손으로 허리끈에 달려 있는 압축 TNT 폭탄을 떼었다. 폭탄을 오른쪽 좌표에 던져서 터지는 순간에 맞추어 왼쪽 좌표 점은 소총으로 사격할 것이다. 두 좌표점이 0.5초 내에 동시에 파괴돼야 한다. 한 치의 오차도 있어서는 안 된다. TNT의 위력을 짐작건대 나는 여기서 살아나갈 수 없을 것이었다. 그래도 이것이 유일한 방법이었다. 나는 폭탄이 원만한 궤적을 그리면서 실수 없이 투척되도록 천천히 던졌다. 폭탄은 좌표 점을 향해서 정확하게 날아갔다. 성공이 보였다. 벽에 있는 모든 화면들이 말라키가 절규하며 울부짖는 얼굴로 변했다. 폭탄이 오른쪽 좌표 점에 맞는 순간 나는 방아쇠를 당겨서 왼쪽의 좌표 점에 정확히 사격했다.

머릿속에 '삐' 소리가 울리며 눈앞이 하얘졌다. 지금은 죽음을 앞둔 백만 분의 1초 정도 될 것이다. 정신이 어디론가 빨려가는 것 같기도 하고, 뇌가 정지되는 것 같기도 하다. 작전은 성공했을 것이다.

얼음 호수에서 퍼덕이는 하얀색 날개 다친 백조 한 마리가 보였다. 백조는 다시 오를 수 없을 것 같던 하늘 위로 힘겨운 날갯짓을 했다. 남쪽에서 불어오는 따뜻한 미풍이 날갯짓을 도와주었다. 바람을 타는 법을 다시 상기한 백조는 바람에 날개를 맡겼다. 몸이 가벼워지며 지상에서 떠올랐다. 바람을 타며 내젓는 날갯짓이 이토록 가볍고 행복한 것인지 전에는 미처 알지 못했다. 백조는 우아한 몸짓으로 창공을 향해 날아갔다.

'하윤아… 아저씨가 무사히 돌아가겠다는 약속 못 지켜서 미안
해… 대신 하윤이가 밝은 세상에서 마음껏 뛰어놀 수 있도록 아저
씨가 하늘나라에서 지켜줄게….'

- 끝 -

AD 3400 / 운명의 날

초판 1쇄 발행   2024. 5. 6.

지은이 서유신
펴낸이 김병호
펴낸곳 주식회사 바른북스

편집진행 박하연
디자인 양헌경

등록 2019년 4월 3일 제2019-000040호
주소 서울시 성동구 연무장5길 9-16, 301호 (성수동2가, 블루스톤타워)
대표전화 070-7857-9719 | **경영지원** 02-3409-9719 | **팩스** 070-7610-9820

•바른북스는 여러분의 다양한 아이디어와 원고 투고를 설레는 마음으로 기다리고 있습니다.

이메일 barunbooks21@naver.com | **원고투고** barunbooks21@naver.com
홈페이지 www.barunbooks.com | **공식 블로그** blog.naver.com/barunbooks7
공식 포스트 post.naver.com/barunbooks7 | **페이스북** facebook.com/barunbooks7

ⓒ 서유신, 2024
ISBN 979-11-93879-75-7 03810